青山漫步
潘琦书

青山漫步

QINGSHAN MANBU

潘琦 著

广西师范大学出版社
GUANGXI NORMAL UNIVERSITY PRESS
·桂林·

图书在版编目（CIP）数据

青山漫步 / 潘琦著. —桂林：广西师范大学出版社，2013.5

ISBN 978-7-5495-3713-6

Ⅰ. ①青… Ⅱ. ①潘… Ⅲ. ①随笔－作品集－中国－当代②杂文集－中国－当代 Ⅳ. ①I267.1

中国版本图书馆 CIP 数据核字（2013）第 086439 号

广西师范大学出版社出版发行

（广西桂林市中华路 22 号　邮政编码：541001
网址：http://www.bbtpress.com）

出版人：何林夏

全国新华书店经销

桂林广大印务有限责任公司印刷

（广西桂林市临桂县金山路 168 号　邮政编码：541100）

开本：889 mm × 1 240 mm　1/32

印张：8.625　　字数：140 千字

2013 年 5 月第 1 版　　2013 年 5 月第 1 次印刷

定价：30.00 元

自序

潘琦

这是两年来写的一些稿子，多数已经发表过了。

我这一辈子就没想过收笔，停止写文章，安度退休后的生活。因此每到一地，看到的、听到的，凡新鲜事物，都会情不自禁地想该写点什么东西。这些虽是随手拈来，甚无价值，自不待言，但日积月累，一年到头却写下不少文章。有时翻来看看，起到了再来一回的感想，旧事重温的作用，还挺有意思，竟居然有点自信，把这些文章汇编成册出版也不是全无意义 的。

四年前，广西师大出版社同样为我出了一本集子，都是一些杂谈、游记和序言，因为是退休后出的第一本集子，取名《黄昏散步》。那天和朋友谈起要出这本集子时，朋友建议，干脆和上本配套，就用书中《青山漫步》这篇文章标题作书名，以后再出第三册，则叫《闲庭信步》，便成了“三步”曲。我觉得有些道理，便接纳了朋友的意见。出版社的编辑陈诗艺十分认真负责，她除了对文字进行仔细推敲之外，还对文集全部文章进行精心的编排，共分六辑，并各拟了一个辑名。这样，比上集更有条理性，读起来也方便得多！

非常抱歉的是这些文章的题材涉及面不广、内容不丰富、思想不深刻，都是些随感、随想、随悟，不少文章是为朋友、文友著作写的序言。有的文章也是仓促写成，出版之前，本想用点时间再润色一下，后考虑到多数文章都已发表了，序文出版社也用了，也就罢了。如果我的这些作品尚能稍尽记载事物的功用，能给读者一点点启迪与帮助，我亦十分欣慰了！

我的书很多都交由广西师大出版社出版。该社在中国出版界是数得上的强社之一，这些年出了很多好书，经济、社会双效都很好，在国内外有蛮大影响。在多年的合作与交往中，我成了他们的忠诚读者和作者，同时得到他们的大力帮助。在此，借这本册子出版之际，表示最真诚的谢意！祝愿广西师大出版社今后的事业如日中天，为广西建设民族文化强区作出更大贡献！

是为序！

目　录

第三辑　随感偶得

第四辑　离殇一曲

第五辑　乐做嫁衣

第六辑　岁月流金

第一辑 屐痕处处

青山漫步

青山的黄昏是别有一番情韵的。

初夏，随着太阳西斜，南国特有的灼热的气浪慢慢地凉爽起来，有一股清新的山风迎面拂来。晚霞里的青山宛如一位多情的少女，半蹲半坐沐浴在霞光里，田园开遍的鲜花和青青的芳草恰似一条缀满珍珠的裙幅，从她的腰际低垂下来又撒铺开去，这绚丽多彩的裙幅，将黄昏中的青山映照得一派斑斓夺目。

连续几天的傍晚，我沿着新开放的青秀公园的柏油路漫步。路的两边移栽了许多大树，骤然成荫，地软路平，了无障碍。我迈着悠闲安适的步子走着，一路观赏着黄昏中的湖光山色。一批又一批黄昏行走的人群，超越而过，他们甩着臂膀，奋力疾步。当人们折回时，我依然在小石路往上漫步，尔后坐在一块巨石上，欣赏那一轮即将西沉的夕阳，晚霞染红了青山整个山体，令人陶醉！

群山耸立，山谷间轻轻拂来晚风，满目的绿树发出沙沙的声音，小鸟结队掠过晴空，这些景致对于在山里长大的我而言，从小就饱赏了，可是在这繁华的都市，竟有如此佳境，更令人着迷！近年来，南宁市投入大量的人力、物力、财力，对全市的自然环境进行整治、绿化、美化，如今已大见成效了！三年前我曾在此地散步，那是一片荒野，山上有莽苍葳蕤的野草，比人高，道路坎坷曲折，走一段山路要花几十分钟。而如今，面目一新，绿树成荫，草地平展，湖水荡漾，波光粼粼。你看那夕阳的余晖从树叶的稀薄处透出金色的光芒，透着黄昏的美丽……

我步进一个充满诗意的境界，朦胧微明，一切静静的，优美的。轻适黏黏地、浓浓地灌满心头。山、湖、树、草、花，都是大自然的宝物，它们各展风姿，其中有年轻的、年老的、元气旺盛的及柔弱的，但都为着一个共同的目的——装扮南宁这座绿色的殿堂。从此开始，一切都是自然生命，是生存之姿，是美丽的存在。正因为这样，我们必须热爱这一草一木、青山绿水，每个人对大自然都要有一颗热爱与崇敬之心！

我在一块空旷开朗的地方，迈着方步，慢慢地行走，深深地呼吸着青山清新、芬芳的空气，把整个身心都融入这绿色的海洋。黄昏是一首诗、一支歌、一幅画。我静静地聆听风吹叶动的复杂声音，倾听小溪流声，让山风尽情地吻着脸庞，抚摸着稀疏的鬓发，让青草舔着足底足面，聆听着大地心脏的跳动声。此时即使我闭上眼睛也可以看得见这绚丽的色彩，因为我也参与到这浑然一体的大自然生命之中。其实，每个人都不会拒绝自然所提供的美丽与乐趣，都会尽情爱恋着纯动物性的生活！不管任何时代，人们都醉心于自然宁静的生活，专心倾听大地之歌，观察天空云彩的飘浮，怀着无尽的憧憬。这是热爱自然的心声！

在返回家的路上，我遇见了多年不见的同事，他也退休了，见面时很高兴，他的语调，依旧温和得如同最亲密的朋友。他乐呵呵地说："退休了，无官一身轻。回归自然、本然、泰然，快快乐乐地过好每一天吧！"看到他开朗的精神状态，让人顷刻找到了很久以前丢失的东西！我们并肩漫步，一路谈及退休后的生活和老有所学的计划。话很投机，很开心，一种并非语言所能说出来的微妙的感觉！风之清爽，晚之默对，如果是个易感的诗人，一定会写出一首佳作。此时，我们已融化在这晚霞铺满的、令人憧憬的景物之中。那拾不起的、剪不断的、丢不下的，都荡涤无存。啊，令人眷恋的黄昏，又增添了一层思意！

在最后一缕晚霞中我们告别。我无言地望向被树阴掩映的远方，在树木巨大的绿色剪影里，仿佛又听到每棵树木最沉静的呼吸……我脑海里慢慢地浮现出一丝感悟……

2012 年 5 月于绿城南宁

丹城灯火

我平时很少夜晚上街游逛，赶夜店，因为一到晚上大街小巷霓虹灯闪烁耀眼，车水马龙，噪音不断，叫人天昏地转。我喜欢安静、独立、自然。今夏时节，我出差南丹，那里的气候十分凉爽，特别是晚间，清静、舒适、安然，只想好好休息养神。吃过晚餐，县里的领导同志邀我上街走走，说从去年开始，他们大刀阔斧地对城镇风貌进行了一次大的改造，特别是对全城的街道、路灯、建筑外墙，作了全面整体的改造装饰，县城面貌为之一新，很值得看一看。

南丹于我并不陌生。据史料记载，南丹县因盛产丹砂并向朝廷进贡而得名。自唐朝以来，南丹炼丹、用丹之风一直盛行，民间和官方都有炼丹炉。南丹当时属夜郎国，盛名一时。七十年代，我在河池地区工作，常到南丹，听到许多关于炼丹的故事和传说。我对这里的民族风情、风俗也很感兴趣，走过县城不少大街小巷。我想，故地重游，回味自己当年没有来得及抒发的情感，也挺有意思！而且盛情难却，所以决定破例夜逛丹城！

我们在新修的街道上漫步。街上行人车辆络绎不绝，灯火通明，热闹非常，让我们忘却了这是在一个山区小城。举目四望，当年的老街小巷已经面目全非。马路对面是一座四层楼房，一看便知道外墙是被改造过的，中间两层有两道露台式的房子，廊柱上塑着华美的图案。再往远处遥望，一座座华屋墙上灯火辉煌，一行行造型别具特色的街灯通明，将街道照耀得白昼似的。“全城路灯造型和屋墙的装饰图案都是从南丹土司文化、白裤瑶民俗文化，以及丹文化等文化元素中提取的！”县委书记边走边向我们解说，脸上带着几分神秘和自信的笑容。

我们踱入丹东路，这里的路灯最为华丽，灯型为牛角铜鼓。我仔细观赏，是以白裤瑶民俗文化代表元素铜鼓和牛头为主，仿图腾柱造型，用牛角支撑铜鼓，显示出一种力与美。在丹东路红绿灯路口，还依照传统宫灯样式装点一路。灯杆横纵转角处安装中式窗花，颜色根据建筑窗花采用栗色。车道绿化隔离带还设置有景观路灯，整体造型模仿精美的壮族妇女银质头配饰，开启后亦显出节日盛装般绚丽，可兼顾照明及景观的效果，大家赞不绝口。我指着一排排亮晶晶的路灯说：“这是灯文化，文化灯，别具匠心，是一种大胆的创新啊，难能可贵！”

我偶尔驻足，凝望着满街闪烁的华灯。啊！仿佛是天上撒下的光珠、光线织成的薄如蝉翼的轻纱，网住了南国丹城，网住了绿绿的桂树林。朦胧使一切变得美丽多彩。西面的民行路，姣好的灯光更叫我们目不暇接，很富特色的木结构楼廊，人行道上衔着花岗岩方石，平坦结实。街灯的造型为粮仓状，顶部装饰着3朵含苞欲放的莲花，线条流畅。县委书记告诉我们："南丹旧时曾叫莲城，因此这条街灯造型取莲花状，配上粮仓型，寓意南丹经济社会如花绽放，人民丰衣足食！"

我们往前走，在那参差错落的路树影里摇曳着波光，我们走近一看，原来绿树下挂着鸟笼样的路灯，抬头望上看，顶部配置着一个偌大的牛角。设计者的创意来自白裤瑶男人生性喜欢玩鸟，几乎每家每户门前都挂有一个精制的鸟笼，牛角则是壮、苗等民族崇拜的图腾。这条街的灯寓意民族团结，共建美好的未来。我边观赏着造型奇特的路灯，边感受着山城恬静的氛围。迎着夜风，感到这南国丹城多么和谐、宁静，诗一般的清馨，画一样的绚丽，叫我们如痴入迷了。

南丹盛产锡矿，被誉"锡都"，县城有条街被命名为"锡都路"。县委书记介绍说，此路灯型为锡元素中华灯，灯的顶部造型以六棱形晶体为基础，色彩以金属锡的颜色为主，晶体矩形面镂空铸字，其中的锡元素 Sn 符号代表锡都与国际接轨，展现南丹锡矿生产在国际上的地位。古印繁体锡字，代表了南丹的历史文化积淀。整个路灯显得极具金属质感和远古韵味。整条街的建筑式样、美术工艺，无不放射出瑰丽辉煌的异彩。我很久之前就希望我们的小城镇一定要保持独有的地域文化特点，突出南方小城的民族风格。如今，我竟身历其境，置身于古朴璀璨的民族文化氛围之中，能不觉得是一种宽慰，能不赏心悦目么?!

我不清楚我们已经走过了多少大街小巷。这一夜我们是在灯火海洋中游荡，每看完一条街各具特色的路灯，我们都为之赞叹和陶醉。设计者费尽匠心根据不同的街型、不同的楼宇、不同的功能，融当地民风民俗以及民间传说为一体，精心设计，为各街量身定制路灯。在现代化的商业中心，也仍然有不少建筑保持着古老的民族风格。许多建筑的门窗、廊、柱都饰以绮丽华贵的图案，橱窗里陈列的工艺精巧玲珑。这些无不烘托南国丹城浓厚的文化氛围。

诚然，这里绚丽多彩的灯文化，不得不使我着迷，不得不使我赞叹。多少城市设计者、建设者、管理者，费尽心血立志要把我们的城镇打扮得更加靓丽，更加舒适，更加生态自然，可是有的时候却缺少了些文化意识。城市里建起了很多现代情调的建筑，用笔直的线条、银色的钢窗、化学的色彩，给人以新颖、现代的感觉，然而在他们的笔下、手里，本土文化、民族文化、中华文化却销声匿迹了。这不能不说是一种悲哀！一个地方、一座城市在人们心里留下的印象，是文化，文化是永垂不朽的！只有文化才能打动人心，才会百看不厌。这次南丹之行，我亲自领略了南国丹城的灯火景观，在我心底刻下了深深的印记。那满城灿烂辉煌的灯火，不仅彰显了南国丹城绚丽多彩的民族文化，同时也象征着南丹锡都无限光明美好的未来！

大容山写意

绿色

我们深入绿色的海洋。

绿色的山、绿色的树、绿色的雨、绿色的雾，车子也像绿色的甲壳虫在曲曲弯弯绿色的山路上爬行。在淡淡的阳光与山体的辉映之中，仿佛我们也变成绿色了。

位于桂东南的大容山腹地的大容山国家森林公园，山体厚重宏大，主峰傲然拔起，群山气势磅礴，被誉为桂东南第一峰。因其山势雄伟博大，雨水充沛，林木葱茂，鸟兽繁多，生物珍稀多样，各类物种无所不包，无所不容，且又在容县境内，故得名“大容山”。汉高祖刘邦曾把大容山封为“南方西岳”。

绿色是大容山主色调，这里满山翠绿，那蜿蜒无尽的翠绿的原始森林，密密的古树像撑天的巨伞，重重叠叠的枝丫，只漏下斑斑点点细碎的日影。人们在林中穿行，可听到岩石上透出的嘀嗒嘀嗒水声，十分幽静。虽是秋天，走进大容山，就像是春天一样。山色是柔嫩的，山形是柔和的，有一伸手便可以触摸到嫩指的感觉。在密林稍空的地方，满是野花，红、黄、蓝、白、紫，五彩缤纷，像幅壮锦般绚丽，像无边的彩霞那么耀眼。它们点缀在绿色之中，在太阳下，就像绣在绿色缎面上的彩色图案一样，美不胜收。

大容山的绿色不仅给人们呈现出幽静秀丽、楚楚动人的美女容貌，更是人们养生的最好去处。这里常年云雾缭绕，森林茂密，野果飘香，负氧离子含量高达 9.8 万 /立方厘米，溪水潺潺，长年不息的山泉水中富含对人类健康有益的多种微量元素。你在林中只要深吸一口气，便可以闻到弥漫在空气中纯净绿色的清香，全身都为之清爽、舒畅。

绿，象征着和平、宁静；绿色是生命之色。据医学专家对人体生理学和心理学的研究表明，人们在日常生活中都普遍喜爱绿色，百看不厌，因为绿色是大自然万物生长具有生命力的重要标志，是生命的希望。绿色对人的视网膜毫无刺激，色感柔和，奋发向上，对生命充满信心。我爱大容山的绿色，我要热忱地拥抱这绿色的世界！

天湖

在大容山，峰峦的高处，有个巨大的天然湖，湖水就像美女晨妆时开启的明净镜面，湖面平静，水清见底。这里的圣诞林四季碧绿醉人，森林、湖泊、溪流、草甸，交织相连，像一幅巨大的山水国画。塔形的树林、宽阔的草甸、清澈的溪流、澄清的湖泊、宁静的空气、淳朴的木屋，走进这样的景境，就仿佛走进北欧的森林，大有异国风情之感。

我们站在天湖之滨，看湖光山色。高空的白云和四周的绿色山体清晰地倒映在湖水之中，湖山光影融为晶莹的一体。谁都不想失掉在如此景色之中拍照的机会，我们争先恐后地把自己定格在这美丽迷人的风景里。人们常说山色多变，其实湖泊的颜色更多变，刚刚眼前还是一片赏心悦目的碧水茫茫；稍不留意，山风吹拂湖面就变成波光粼粼；再往深处看，银白、浅蓝、深青、墨绿的色彩非常分明。大自然是多么神奇，变化莫测啊！

天湖边有一片草甸，平坦得像地毯，是天然的牧场，一群群黄牛、水牛常在湖边游荡、吃草、饮水。据当地村民说，这是一群野牛。那还是上世纪人民公社年代，集体放牧牛群，因为大容山地博山深，有的牛在牧场走散后，便很难找到了；天长日久，它们在深山里繁衍生息，成了大容山一支动物群体，成了大容山一道旅游观赏的风景线。

其实在大容山群峰之中，分布着十几个自然湖泊。山高爽朗，湖水平静，如同泡在薄荷酒里的翡翠，晶莹剔透，十分诱人。关于这些湖泊，民间有很多美妙的传说。说是很久很久以前，有一天，七仙女偷偷下凡到大容山游玩，玩着玩着，仙女们竟忘了返回天宫的时间。后被天神发现，慌忙返回天宫，慌乱之中，三仙女把挂在腰间的镜子弄掉了，这时正逢雷雨，三仙女的腰镜被雷公击碎成很多片，散落在群山峻岭之中，于是变成了这些高山平湖。后人叫这些湖泊为“仙镜”，今天则变成了大容山国家森林公园的仙境。

露营

莲花池边有一片世人罕见的高山草甸，是一个天然优良的高山阳光浴场。草甸平坦如剪，青翠如滴，四周生长着许多美丽的矮矮的柳杉，在绿树林中，掩映着别具特色的屋宇，像一个有浓郁欧陆情调的童话世界，叫人耳目一新，心旷神怡。

在这里，我们碰上几位正在草甸上搭帐篷的游客，经询问，他们是到大容山露营的“露友”，每年春夏秋三个季节都会结伴到莲花池边露营，短则三两天，长的一住就是一周半月。翻看他们的行装：帐篷是特制的；有防雨、防潮的帆布，床铺；有煮饭的炊具，桌、椅、电瓶、台灯……很齐全。那一个个帐篷搭好了，如同草地上开满了彩色的蘑菇，美极了。

在和露营者交谈中，我问他们为何选择到大容山露营。他们爽快地告诉我，大容山山势虽然峻峭，但又有平缓之处，绿草茵茵，气候温和，环境安静，且蚊虫很少，适合在户外活动。莲花池水质优良、清爽，取水方便，更重要的是这里的负氧离子比一般地方高上几十倍，很适合休闲养生。在繁忙工作之余，离开喧噪的市区，到这里住上几天，所有的烦躁、忧患、困惑都会荡涤无存，这里是我们露营者理想的家园啊！如今人们生活好了，讨厌了繁华嘈杂的城市生活，都想回归大自然！人与自然的和谐共存，不正是当今人类所追求的境地么？

大容山国家森林公园的保护和开发起步比较晚，一切仍在规划之中。我对这里的管理者说，多好多美的国家森林公园啊！重视保护，适度开发，一定要保护她原生态的风貌，适当修建一些供一般游客宿食的宾馆，观景楼、山路，小亭，跨溪小桥之类的人造景观，千万不能破坏森林、草甸、湖泊，不能夺走露营者的家园！

大容山磅礴高昂，青色夹杂着绿色的林带成为山峰的裙裾。那缕缕萦绕的白雾慢慢升起，慢慢绕着我们而去，很快便消失在视野中，绿草的芳香扑鼻而来，令人陶醉。大容山一切都是和谐、幽静的；然而这样的美景幽境，却鲜为人知，管理人员要我为大容山写首歌，激情之中，灵感一来，写下了这首歌词——

你像一幅美丽的画卷，
飘然挂在云海中间；
春风吹拂你绿色衣衫，
云雾维护你神秘的尊严；
九瀑谷是森林的王国，
莲花池像下凡的天仙。
啊，我爱大容山，
纯净秀美的森林公园！

你是一个完美的大自然，

巍然屹立南国之巅；
阳光映照你婀娜的身姿，
春雨洗涤你圣洁的容颜；
桫椤树是远古活化石，
南方西岳是御赐名片。
啊，我爱大容山，
古朴悠远的人文经典！

绿色的希望

绿色是生机的、歌唱的。她是春的使者、心的希望、梦的向往。我热爱绿色，执着地崇拜这种色调。上世纪末，我在自治区党委宣传部工作时，曾到贺州抓过创建生态文明的试点，当时贺州被评为“文明绿洲”。十多年过去了，桂东这片绿洲一定变得更加翠绿，更加美丽！前些日子再去贺州，果然不出所料。踏入贺州，给人一种清新的感觉。春光明媚，和风吹拂，一片浓淡相间的乳色云海，一脉黛青色的林带；流翠的林海，像绿色的巨轮泊在浪花烂漫的山海之中。啊，当年的文明绿洲是一幅不需着色的山水画；是一首不褪色的绿色长诗！我感到无比宽慰和舒心！

当年文明绿洲建设是从昭平县抓起的。这里的茶场是文明绿洲的代表。我想悄悄地再去看看，吸一吸那染了绿色的空气，享受那绿风的抚摸，偎依在绿海的怀抱。可是消息不胫而走，县里的同志不知怎么知道我们要去看茶场的消息，在进入昭平地界时便把我们带到象棋山茶场。象棋山茶场是昭平最大的茶场，这里的茶园是纯清、轻快、烂漫的。茶园盘山而布，层层叠叠，满目绿色的世界；像一幅大大的壁画，整整齐齐地悬挂在一座座山头，点缀着山崖、陡坡；它们与梯田为伴，与山林共舞，与云彩相随；放眼远眺，叫人心旷神怡。

正值清明之后，我们赶上采茶的最佳时节，茶农们在忙碌着。场长告诉我们，清明前后是采茶的大忙时节，这时的雨水、阳光、地气都适合茶叶的生长，一簇簇茶树，不几天便冒出毛茸茸的尖尖。刚采完的茶树，当你第二天和她见面时，又齐刷刷地冒出一层绿油油的叶片来，正是这毛毛茸茸的清明茶才是上好的，最金贵的。

采茶是一件很精巧的活计，最忙时满茶山都是穿着各色衣裙的人，背着背篓、竹篮，像蚂蚁牵丝一样，拉向了山坡。那剪成杯形的茶树，万千茶叶，恰似剔透的翡翠，玉润润的，晶莹、鲜嫩。茶农们两根纤细手指，对着绿叶探出的如麻雀嘴一样的尖尖掐去，银亮的带着细细白茸的毛尖就落到篮子里。我们看得入迷。我走近茶树，掐下一片刚绽放的茶叶含在嘴里，扑鼻清香悄然弥漫开去，令人气爽神清。细细咂去，一丝淡淡的苦涩，又仿佛含着丝丝缕缕的甜味，美极了。

昭平自古盛产茶叶，饮誉中外。关于这里为什么盛产茶叶，当地人做过许多解释，有说是得益于土壤的酸碱适度；有说是得益于茶园山势地利，吸收有山川地理的灵气；还有的说昭平不平，四周群山环抱，经常云雾缭绕，气候湿润，是山云水雾的精气滋养了她们，这些说法都不无道理。象棋山有一种野生茶，这种茶历史悠久，盛名于世。据有关部门检测，这种茶有丰富的黄酮、茶多酚、氨基酸以及生物碱等对人体有益的元素，属国内珍稀原生态纯天然绿色植物，是茶中珍品。这种茶树，遒劲古朴，碧绿生青，浓荫摇摇曳曳，恰是独特山川灵气，阅尽风风雨雨，焕发出一派仙风道骨的风采。由此可见昭平茶叶之神奇与珍贵。

其实，昭平的茶叶能如此出名，三分靠的是人。当年昭平的茶叶产量并不高，名气也不很大。后来，县里的领导根据昭平县茶叶产业发展的实际情况，实施了以发展茶叶为支柱的绿色生态产业战略，于是茶叶生产越搞越大，影响越来越广。本世纪初以来，他们加强茶叶科学研究，利用“福云 6 号”茶青研剥出红茶新产品“昭平红”。这种红茶外形圈曲、紧结，色泽乌润，金毫显露，香气高锐，汤色艳明亮，滋味醇厚带甜，叶底红匀明亮。“昭平红”推出之后，深受广大消费者的赞评。在第十四届中国杨凌农业高新科技成果博览会上荣获“后稷特别奖”，在“九九国际消费品博览会暨国际茶誉评奖会”上，荣获特别荣誉金奖。一炮打响的“昭平红”红遍了国内外！“我们要坚持走绿色生态发展的道路！”县长指着一片绿色的茶园，带着果断的口吻，对我说：“只有这样才能使县域经济健康、快速、可持续发展，实现富民强县的奋斗目标！”我拍了拍县长的肩膀说：“这就是落实科学发展观啊!”

离开茶场时,我的心随满目的绿色荡漾。啊,绿色的茶园,绿色的树林,绿色的竹丛,绿色的山谷,绿色的山峰。这醉人的绿色啊,仿佛一张极大的绿毡,铺着满是生机的绿,灿烂的绿。整个山体被绿主宰着,浑然一体,千年墨绿在山上凝固了。绿色,象征着永恒的生机;绿色,振奋着蓬勃的精神!我心头不自觉地产生一种强烈的欲望,要能将这绿色掬一棒装进行囊带走,该多好啊!把这绿色撒落八桂大地,让这绿色永远成为大地的底色,成为生命的向往,成为春天的希望!

水城的明悟

但凡有水的地方，就会增添几分灵气与秀丽，就有很多美丽的传说，就有很多动情的旋律！

南宁别称“邕”，即四周被水环绕之意。据有关史料记载，古时邕城很多水域，四通八达，有百湖城之美誉。后因自然变迁，人为因素等诸多原因，原先的河道、湖泊、水渠都变成平地。近年，在人与自然和谐共存的理念推动下，启动了南国水城工程，引水源、开运河、拓水面、疏航道、治臭沟……如今，早年的邕城原貌初见端倪！邕城，那逝去岁月的皱纹上又绽开甜美，柔情的笑容！

正是阳光明媚的初春，我乘舟游览了绿色的水城，绿波荡漾的湖水，尽收眼底，水势平缓，辽阔成湖，澄明如镜，湛蓝似染。水面掠一层似有若无的水气，淡淡的、匀匀的，悠荡着，飘拂着。当旭日东升的时候，湖水在日光的照射下，泛起一层层粼粼的银光。湖水被周围的绿树、高大的建筑围拢着。往昔的臭水渠如今被拓宽修整一新，中间还筑起拦水的堤坝和闸门，成了偌大的人工湖！

水动情，人也动情。水城的崭新面容，让我心底涌起人造湖水般宽广而深厚的情感波浪。看到这日间景色无限，美不胜收，我思量，晴净夜色里蓝幽幽锦缎似的水面上会布满荧荧烁烁的万点星星，加上湖滨上五光十色的霓虹灯，投映入阔大的水域，那是一个多么美妙的仙境。可这般意境，貌似形成于天地，实际上是出自于人之手。于是，有了丰富的联想，有了强烈的情感，有了宽厚的情怀，有了深层的明悟。水城，回归了本然、自然，她流动着生命的鲜血，流动着历史的痕迹，流动着生活的浪花。如今，她有了一双有力的翅翼，飞翔在南国不尽的春光里；她有了一颗刚毅的心，装容下不懈追求的灵魂，追求创新，追求和谐，追求美丽！

水城是一个宁静的天地，

水城是一个宽阔的海洋，

水城是一个阳光的世界！

我弃舟漫步在湖滨公园的林荫道上，呼吸着绿色的空气，沐浴着绿色的阳光，欣赏着绿色的容貌。一片绿叶飘落在我的手中，我想到了整个水城，不就是靠这一片片绿叶，储蓄了一泓泓的清水，汇集成波光粼粼的湖水么？清清的水，绿绿的叶，连接着春光，装扮着大地，美化着邕城。绿色，象征着永恒的生机；绿色，振奋着蓬勃的精神。绿色，构建着一个充满活力的世界！绿城、水城是一对孪生兄弟啊！

清晰的湖水，润湿了人们的歌喉，也滋润了歌音，从南湖的东边，从树林的深处，响起悦耳的歌声。山歌，生长在山区腹体，播撒在水城四面八方。重重的乡情，浓浓的思绪，一下子定格在这古老的壮都水域之中。这水灵灵的地气哺育了壮乡独具风格的民歌文化。最动人处是，自从南宁举办了国际民歌节，广西民歌名扬海内外，如今无论岁月如何流逝，生活如何变化，民歌都会永远荡漾在人们的心上。为了纪念邕城民歌盛会，新开凿的人工湖，取名“民歌湖”，大得民心。

溪流涓涓，湖水清澈见底，湖滨绿柳成荫，错落有致，岸边细草如毛毡，鲜花似锦。在湖畔可以观赏水鸟在湖面上嬉戏翻飞，无风的湖面，水平如镜，朝阳撒下来的光射在水面上，像一幅柔和的光环飘浮在湖上。远处的湖面泛起一层薄雾般的气浪，烘托着射下的阳光，闪耀出五颜六色的光芒，像是谁为它覆上一块花色联翩的壮锦。湖边倒垂着柳丝，映在水里，倒影重重。湖心处偶尔也泛起微波，是鱼儿在水面摇尾打起的涟漪。水城是一幅彩色缤纷的水墨画，美不胜收！

我立于山水之间，城水之交。烟波，因山水而萦绕；山水，因春光而美丽；阳光，连结山水世界，复苏了万年之久的这水那山。如今高楼林立的邕城被四通八达的水域环绕着，拥抱着，显示出这座现代化都市的自然和谐。历史告诉我们，人与自然的和谐，便是人类幸福的伊始……我脚下的水城，牵着历史，系着今天，联结着世纪与世纪！

湖水陶冶了游船的性情，人在船游，日光也缱绻柔软了。看山，不仅看山的肌理肤色，还要看城中的高体建筑；看水，则少不了打量水色流量，核计水城的容量，议论水城的远景，这都是在欣赏一幅壮丽的立体画卷。听导游介绍了水域的一个长远规划，让我怦然心动，我蓦然想起，清代诗人刘神清赞美邕城的诗句“波涵天上下，光映日浮沉，极亡水无际，乘槎好问津”。这无限美好的景色将重现水城！

我掬起一捧水城的绿水，深深识得这绿水的甜味。春光研一湖喷金溅朱的彩液题句，水城抖一条金闪闪的巨练赠我！我把满腔的激情，全融到清澈的湖水之中！我心头倏然卷过一股热浪，不禁吟诵起来：浩浩流波逝，年年柳色新，春柳虽会老，水城永青春！人天须和谐，万世皆太平！

灵渠——中国水利史上的奇迹

一个民族无论大小，一个地域无论贫瘠与富饶，只有孕育了真正丰富的文化知识和生活文明，才能或多或少地对人类有所贡献。而一个民族、一个地域文化的形成则是一个民族在创造文明的历程中所累积和传承的宝贵知识和经验。广西的灵渠，为中华民族文明史作出了重要的贡献，是广西地域文化特征，是桂学研究的重要内容！

灵渠又名“秦凿渠”，或称“陆河”，建成于秦始皇三十三年(公元前214年)。灵渠不仅为中国古代三大水利工程之一，在世界水利史上亦属罕见。这项我国历史上伟大的水利工程是两千多年前土法设计，人力开凿的，工程浩大，历经千百年雪雨风霜而依然保存完好。虽因铁路、航空、高速公路的开通，灵渠的交通运输重要性已不复见，但新开支渠，纵横交错，灌田万亩，仍充分显现其原始设计的固有功能。孙中山先生《实业计划》中沟通珠江与长江水运之兴安运河即循灵渠故道，其历史意义和重要性就可想而知了。几千年之后，我们仍然能欣赏、研究和利用它的多功能、巧妙设计。灵渠在经济与文化上的重要意义，仍然是无可比拟的。这充分证明了百越先民的聪颖与智慧，我们应当为此感到骄傲与自豪！

公元前221年，秦始皇统一六国之后，为了完成统一中国的大业，接着“使尉屠睢将楼船之士南攻百越”进军岭南地区，秦军55万，共分五路向百越之地推进。但在广西境内秦军累遭部族的顽强抵抗，《淮南子·人间训》记述当时迫使秦军“三年不解甲驰弩”，秦军战事不顺的原因，除因秦军不适应山地作战，不服南方水土，病员较多之外，重要的是岭南地区山路崎岖，运输线长，军需粮草供应不上。能否保证秦军的粮草运输，是决定这场战争胜负的关键。秦始皇果断地作出了“使监禄凿渠运粮”的决定。在史禄的主持下，经过被征发的劳动人民和秦军的艰苦劳动，几经寒暑，成功地开凿了灵渠。秦军粮饷从湘江舰运，通过灵渠进入漓江，源源不断地运至前线，保证了前方军事需要。秦始皇三十三年(公元前214)，秦军统一了岭南，完成了统一全国的大业。

建筑灵渠的智慧简略地概括就是：开山凿渠，支分湘水，割开始安峤(即越城峤)，连接漓江。灵渠工程起自海阳江上游，出山水流转缓处之分水塘，分水塘又称“美潭”，其下筑拦河坝，堵水分流为南北两条渠道。为了控制入南北两渠的流量，凿渠者便在拦河大坝上游设计修建了一个分水的“铧嘴”，将海阳江水一劈为二，南渠占水量三分合于漓江，北渠占水量七分，仍旧合于湘江，故有“湘七漓三”之说法。此一分水建构由于前锐后钝，形似犁铧，故称“铧嘴”。“铧嘴”的设计与构建是中国水利工程中一项瑰宝！

灵渠地处桂北山区，周边层峦叠嶂，河川纵横，东南耸崎着五岭之一的都庞岭，南部是连绵的海阳山，西北雄踞着越城岭。地形的显著特点是，东南部是南高北低，西北部则北高南低。在兴安县中部形成一片海拔仅200米左右的低地，这就是有名的湘桂走廊，历来是湖南进入广西的交通要道。由于这地形特点，发源于海阳山的湘江，从南往北流至兴安县城，沿湘桂走廊经全州县进入湖南洞庭湖；发源于越城岭主峰猫儿山的漓江，往南流至溶江，经灵川县、桂林市区，在梧州汇入西江，至广州注入珠江。湘江北去，漓水南流，两江流向相反。湘江与漓江在兴安境内东西相距25千米，在秦时直接开凿运河连接两江是相当困难的。好在漓江有条引流名叫“灵河”，由众多小溪交汇而成，其中有一条名为“始安水”。始安水发源于兴安附近的富贵岭，与湘江的直线距离只有2.5千米。只是隔着一道宽300余米、高30余米的土岭即“越城峤”，它是湘漓二水的分水岭，只要打穿这座土岭，就可以把海拔较高的湘水引入始安水，从而沟通漓江。我们聪明的祖先经过精心勘测，发现了这一奥秘，终于找到了突破口，于是秦军在湘江上拦河筑坝，抬高水位，开凿出了一条5000米长的渠道，并拴断越城几百的太史庙山，将湘水引入始安水，并将始安水疏导改造，以便船只通过它驶入灵河，从而将湘漓两江连接起来，形成一条沟通南北的黄金水道。由广州乘船出发，溯珠江而上，经漓江，穿灵渠，沿湘江而上，接长江，转乘京杭大运河直向北行，最后可到达北京。

据唐朝史料记载，灵渠除了渠道之外，已有大小、大平（即铧堤）、铧嘴、池水天平、陡门等建筑，这些建筑科学配套，紧紧相连，使灵渠成为不朽的水利工程。宋代范成大有诗云："狂澜即奔倾，中流遇铧嘴。分为两道开，南漓北湘水。至今舟楫利，楚粤径万里。人谋敓天造，史禄所经始。"这可以代表古人对灵渠功能的高度赞扬。

历史的高峰是永无止境的。在那层峦叠嶂、岗色苍茫的大地上，人类世世代代不屈不挠，再接再厉，英勇奋斗，历史因此得到正伸，人类因此得到进化。灵渠的建筑，不仅体现了先民人定胜天的决心，以及古人修筑运河的智慧，同时证明在人类创造文明的过程中，技术与科学的发展着实扮演了最重要的角色。一部技术与科学发展史，是人类经济发展的主干，亦是文化发展史的一根重要支柱。灵渠，迈着深沉的步履，透露历史的沉思。我们有沉甸甸的历史，我们就会有金灿灿的今天！

第二辑　异域揽胜

走近毛利人

提普亚村是新西兰毛利人的一个原始村落，是毛利人第一次登上新西兰大陆时的落脚地，是毛利人膜拜的神圣之地。金秋十月，我们出访新西兰，有机会去访问这个村落，走近毛利人。

那天清晨，下着毛毛细雨，我们兴之所至，依然冒雨驱车前往提普亚村。从奥克兰走高速公路三个小时便到达目的地，提普亚村坐落在罗托鲁啊的一片原始森林之中。在细雨雾气中，我们走近村前的小广场，一个高大的村门显现在眼前。村门是用十几根大型木材方条架成的，木条上刻着毛利人崇拜的图腾和花纹图案，十分庄严。村前小广场撂着一根直径约两米的巨大树干，这是毛利人用来造船的木头。导游说，村里展出的木船就是这根木头的一半琢成的。

细雨轻轻地洒在我们身上，大家毫不在意，走进村里。一块很大的黑色石头摆在村道中央，毛利人称之为“祈福石”。村里有什么难事，家人有什么祈求，只要摸着这块石头，说出自己的心愿，便可以如愿以偿。天长日久，摸的人多了，这黑石头被抚摸得特别光亮，更显出一种神奇。

村里建有一个博物馆，用图片和实物展示毛利人的生活习俗，劳动、娱乐的场景。毛利人在毛利语中是“正常”“普通人”的意思，当时的欧洲人问他们民族的名字，他们就回答说他们是正常人，因为他们把外国人看成是不正常或反常的人。毛利人约于 1000 年前由太平洋中部，从传说中的哈瓦基乘木筏迁徙至此，并从此定居。毛利人有丰富活泼的文化，保留着他们长久以来与精神和自然世界的连结。他们以自己特别的方式传承自己的家世。传说中毛利人一旦离开人世，便会与祖先会合，并凭着他们赐给的力量，赋予子孙精神力量与指引。毛利人极重视他们的传家宝，如权杖、绿玉项链等，深信它们蕴藏着祖先的灵气。在平时的问候里，毛利人会说出他们的“芒加”（山）、“阿瓦”（河）、“玛富”（会堂）、“瓦卡”、“尹维”（部落）和“提布那”（重要的祖先）的名字。过去毛利人男女都有纹身纹面的习俗，现在只有酋长才能纹身，成为一种权力、权威的象征。毛利人待人很热情，见面都会主动微笑“喀哦入哇“（您好）和你打招呼。欢迎客人的方式很特别，欢迎者全部民族装扮，为首的赤膊光足，系着草裙，脸上画着脸谱，手持长矛，一面吆喝，一面向客人挥舞过来，并不时地吐舌头，临近客人时，将一把绿叶条投在地上，场面十分庄严、隆重。人人能歌善舞，且舞蹈独特别致，被称为“哈卡”，男女舞蹈跳法有所不同，音乐旋律明朗欢快。新西兰国家橄榄球队在每次开场比赛前，都集体表演毛利人的舞蹈，用以鼓舞士气。

往村里走，我们在绿林深处，看见了一栋栋矮小的木头搭建成的小房子，这便是毛利人原始住房。我低着头钻进屋里，没有窗口，黑洞洞的有一股腥味，每栋房屋分前后两间，里间是住房，外间是客厅、厨房。每间房不到 20 平方米，门槛又低又小，普通人进去都要弯腰低头，这与毛利人高大健壮的身材极不相称。之所以建这种低矮的房屋是因为可以御寒挡风，冬暖夏凉，还可防范野兽的袭击。毛利人经济以农业为主，行刀耕火种，部分人从事渔猎和采集，有些家门前都置有晒鱼、烤鱼的简陋的工具。毛利人的生活空间是土地、大海、木屋和聚会堂，生活既简单朴实，又极有情趣。在这里我们时刻感觉到毛利文化的存在。

酋长的住房建在村的中央，周围树林密布，鲜花开放，房子比其他村民的房子稍高一些，稍宽一些，但也是木头搭成的平顶房，屋前立着几根木柱，上面雕刻着各种花纹图案，一看便知道是有身份的人家。酋长在毛利人中属上层人物，德高望重，有绝对的权威，村中大小事都由他说了算。但毛利人对当政府的行政官员却不感兴趣，很少参加竞选。我问导游，毛利人占新西兰人口比例是多少？现今毛利人在国家行政机构中，担任的最高职务是哪一级。导游说，目前在新西兰 400 多万人口中，大约有20万毛利人，他们都是从事地位较低，工资较少的职业，但在工作中，他们很少受到歧视。1987年毛利语被规定为新西兰的一种官方语言。目前，毛利人后裔在政府的最高职务是国家民族事务局局长。毛利人喜欢过着一种安逸、平静的生活。

毛利人身体素质很好，男女都高大健壮，古铜色的皮肤在阳光下闪闪发亮。打橄榄球是毛利人的最大爱好，从小就开始打，锻炼出一种悍勇顽强，敢于拼搏的精神和机智灵活、讲究团队力量的品格。新西兰在上世纪曾夺得过世界橄榄球冠军，后来一直没有问津。据说今年毛利人又为国家夺回了金牌，受到政府的奖赏，之后政府规定，凡要加入新西兰国家橄榄球队的人员，必须有毛利人的血统，毛利人为此感到无比的自豪。

我们不但为提普亚村的美丽风光目迷神驰，更为毛利人独特的文化和心理素质所感动。我们离开这里时，天气已经晴朗，树林镀上一层金色的阳光，在雨后的树叶上，随着微风摇动，有晶莹的水珠在闪光。我庆幸能在异国他乡享受到这样好的自然、朴质的风光，能走近一个古老的民族，探寻他古老的文化。啊，一个能孕育着丰富、充沛的文化硕果的民族，必须有丰富的生活，精神昂扬的人民，毛利人不正是这样么？

奥克兰的尴尬

出访新西兰、澳大利亚，第一站是奥克兰。我们一行六人，在金秋十月乘坐南方航空公司的班机从南宁出发，途经广州转乘南航国际航班飞往奥克兰市。因为路途遥远，我们把所有大件行李都办理了直转托运手续。

在广州白云机场等待了 6 个小时后，次日凌晨终于登上飞往奥克兰 CZ305 航班，经过 11 个小时飞行，当地时间下午十七点三十分飞机在奥克兰机场着陆。我们没有带随团翻译，幸好在飞机上请南航空姐帮忙填写了入境申请表，过海关时比较顺利。办完有关手续之后，我们赶到指定的 2 号区等待取行李。

到新西兰观光、考察、旅游的人很多，输送带把一件件行李传送出来，旅客们都纷纷取走了自己的行李，可是迟迟不见我们的行李。大家开始担心起来，因为不少出访代表团常有行李丢失的情况，我们的行李是不是在广州转机时搞丢了。我安慰大家说："别着急！行李不会丢的，要相信南航的服务质量和服用水平啊!”

我的话音未落,我们的第一件行李终于出现了,陆陆续续其他行李也拿到了,大家心上的一块石头才落地。可是等呀等呀,一直等到所有的旅客都拿走行李了,唯独没有我的行李,我预感到出问题了。当时行李已经通过安检没问题了,分析一下可能有这样三种情况,一是别的旅客拿错了行李;二是行李被误投上别的班机;三是行李根本就没上飞机,被忘掉在白云机场。因为没有翻译,接待我们的翻译又没法进机场,我们之中谁都不会英语,且半数没出过国,大家急得团团转。几经周折,终于在机场找到一位华裔工作人员,我们把行李丢失的情况告诉她,她见是中国人,非常热情,答应立即为我们查找行李去向,叫我们耐心等待消息。

半个小时后,传出来的第一个消息说,行李上了别的飞机,到底上了那趟飞机,正在查找!我心里也着急起来,这种情况找到行李的可能性很小了,即使找到也是许多天之后,行李也就面目全非了。好在行李箱里除了两幅作礼品的字画外,没有什么值钱的东西。过了一会又传来第二个消息说,行李根本没上飞机,是机场行李管理人员在转机时,忘记放上飞机了,当发现失误时,飞机已经起飞了,说要等下班飞机或下下班飞机才能把行李送到奥克兰还给旅客。不管是什么原因,行李总算有个着落。问机场何时可以拿到行李,回答是,等待通知!事情已经到了这个地步,只能认了,就耐心等待吧!

走出机场见到在外面焦急等着迎接我们的李先生，他忙上前问到底发生了什么事，解决了没有？我说，上车后再细说吧！我们现在首要的是解决肚子的问题，找个地方吃饭。李先生说，已经安排好了。从机场到市区还有一段距离，我把行李丢失的事告诉了李先生。他说，你放心吧！我会盯紧这件事，尽快把行李交给你，你就放心吧！

车子在一家叫老四川饭店前停下。出现在面前的情景，着实让我们大吃一惊！饭店门前挤满了黑压压一堆人，看样子都是中国人。李先生说，都是到这里等着吃饭的中国旅游团。因为人太多，我们无法进饭店，也只好在门前等着。李先生先挤进去为我们安排座位吃饭，过了好大一会，他出来很抱歉地告诉我们，饭店里等吃饭的人太多，一时没有空位子，要我们耐心等下一批有空位才能吃！

出国前，朋友们说，现在是新西兰最好的季节，不冷不热，无须带太多太厚的衣服。那天到了奥克兰正遇到刮风下雨，阵阵海风夹着雨水迎面袭来，带有几分寒气。又加上肚子咕噜地叫，我们身子在发抖。李先生见状，领着我们往饭店里挤，好不容易才挤进餐厅！餐厅里的这一幕，使我想起上世纪60年代初，大串连在各接待站排队吃饭的情景和农村喝喜酒吃流水席的场面。在不到二百平方米的餐厅里摆放了十多张圆形餐桌，每个餐桌上挤挤地坐着十几个人正在吃饭，而每个人的旁边都站一个人等待第二轮占位进餐。我心里暗暗地喊："中国人真多！中国人真有钱！”

李先生很负责任，他发现一个桌子的旅游团吃得快结束了，他立即找老板娘交涉，能不能把这个座位留给我们，因为我们今天仅吃了一餐饭。老板娘看了看我们一眼，似有同情，便答应了，并要我们做好准备，见机占住位子，大家表示没问题！

终于等到了我们守候的那桌旅客喝茶、剔牙、擦嘴、起立，我们立即上前，占领了桌椅。这时几个服务生迅速地动手清理干净桌面，接着就是上茶、上汤、上菜、上饭，动作麻利、熟练，仅仅用了不到 10 分钟时间，一切都搞定了。大家都赞扬说，中国人真能干！大家已经很饿了，便狼吞虎咽地吃了起来，我半开玩笑地说：“今天是本世纪以来最饿的一天啊！”同事们哈哈大笑，表示认同。尽管饭菜较差，但大家吃得津津有味，这顿饭仅吃了半个小时，因为我们的后面还有人眼巴巴地等着吃啊！

我们入住酒店时已经午夜十一点多钟。我所有的东西都放在行李箱里了，同事们为我跑到很远的地方才买到日用品和换洗的内衣内裤，我在房间干看，等待他们回来。闲着没事，翻了翻房间摆放的书刊，全部是英文，看不懂。打开电视，又是些听不懂、看不懂的节目。拿起手机想给家里打个电话，电池又显出电源只有 20％的电量，怕后面没电池误事，只好罢了。真是屋漏偏逢连夜雨啊！什么事都堆到一起来了。等同事们买东西回来已是凌晨。因时差没倒过来，洗完澡，呆呆地躺在床上怎么也睡不着，只好爬起来坐在沙发上把带来的两本国内杂志看完又写了这篇十分纠结的日记才入睡。

我出访过不少国家，经历很多次旅行，但从未碰到过这样尴尬的事情。这次出访新西兰，在奥克兰着实让我尴尬，异国他乡，人生地不熟，求助无处，解困无力，到了进退两难的境地。可是，后来细想，其实这就是生活，这就是经历，这就是一种简单、平常的磨难。碰上了就以平静的心态处之，随遇而安，平和以待，不必过多去计较，不要过多地埋怨。人生本来就是一次旅行，有顺境也有逆境，所有这些人生的经历，都应当好好珍惜，好好收藏，这是人生一笔财富！

斐济印象

位于西太平洋中心的斐济，是一个由 300 多个周围围绕着环状珊瑚礁、椰林摇曳的碧绿岛屿所构成的神奇美丽的岛国，这里处处充满着南国海洋的原始生活状态，我早已神往。今年秋天，我率文化考察团出访斐济，终于有机会去探寻与观光，了却夙愿。

从奥克兰乘飞机四个半小时便可以到达斐济凡娜岛上的南迪。南迪虽然是个小镇，但它集中展示了斐济岛国的风貌与特征，世界各地的观光游客，到斐济都要到这里饱览其原始美感。

当我步入南迪国际机场，迎面传来的便是美妙动听的歌声，走近才看见几位斐济土人男女，穿着当地的红花衣裙边弹边唱边舞，在机场入口通道欢迎游客。我们一行六人是公务考察观光的，还特别接受挂贝壳项链的礼仪，给我们一种质朴、亲切、友好的感觉。导游告诉我们，斐济人热情好客，能歌善舞，无论何时何地，只要有贵客来访，都载歌载舞欢迎，歌词都很朴实："欢迎尊贵的客人，来到我们这里和我们一块度过美好的日子，共同享受美好的生活，你们的到来，给我们带来了无比的欢乐！"果真如此，当我们入住酒店，同样受到斐济人的歌舞欢迎。导游说，如果有较大的旅游团队，他们还身穿草裙，打击着一种叫"拉力"的木鼓，点着火把列队欢迎，场景十分动人。

斐济自古都是以部落酋长为核心的社会，如今虽然已由小村落木建平房取代传统的部落茅屋生活，但依然保持着原始的生活习惯。每个村落都有自己的首领，通常是最德高望重的酋长担任。在村落中，大小争执都由公开的聚会来裁决，而酋长有绝对的权威，常常是酋长说了算。酋长在村落中享有至高的权力，受人膜拜。外人要是去拜访斐济人的朋友，得先到酋长家拜一拜，才能到你要去拜访的朋友家，否则他们不敢接待。

那天清晨阳光灿烂，我们便驱车去访问一个原任总统的村庄——威西西村。车子走了一段平坦的沥青公路之后，便在崎岖的近乎乡村公路上爬行，因正在修路，车子常常受阻，好不容易才到达目的地。这是一个有几十户人家散居的村落，大多数房子都是近些年新建的，给人一种新村的感觉。在村门前摆有十几个专卖当地工艺品的摊子，但没有人看守。当我们走近摊子，才发现有几位斐济妇女在远处的树荫下乘凉聊天，见有客人来，便慢条斯理地走过来，笑着用中国话"你好！"和我们打招呼，并比划着向我们介绍工艺品。导游说，斐济人不善经商，他们的经济收入主要靠种植甘蔗、水果和养鸡、养牛、养羊等种养业。斐济人对物价很不在意。

大家看到不少新颖的工艺品，便争先恐后地抢着买。有位同事试图和斐济人砍价，他一开口，人家便“OK”成交了。开了个先例，游客们便和斐济人砍起价了，她们都点头认可，结果大家买了不少工艺品。斐济女人个个乐得哈哈大笑，甚至和游客拥抱送别。乐观、大方、热情、质朴是斐济人的典型性格。他们是天生的乐天派，整天乐呵呵的，见到谁都满面笑容地打招呼“布啦！”（您好的意思）。导游说，到斐济人家里做客，你喜欢什么东西都可以随便拿走，主人认为这是你看得起他，会很高兴。极少看到斐济人吵架、骂人，有什么争执之事，都心平气和解决，事情过去了，一笑了之，大家又一块喝酒、唱歌。斐济人生活并不宽裕，但他们过得悠然自在、祥和安宁。

在威西西村中央，我们看到了总统的住房，房子的地势比其他人家房子高且大了许多，屋墙是现代材料装修，屋顶依然用茅草盖着，这种草很贵，每三个月要更换一次，要花很多钱，普通村民是无法修建这种茅草屋的。总统的住房现在由他的亲属居住，但仍是各地酋长集会、商量议事的地方，比较神秘，不对游客开放，内部的设施没看到，估计不会很豪华。我们在屋前的广场上拍了好多照片，记录下斐济人十分敬重、膜拜的茅屋。

我们拜访了一户普通的斐济人家。当我们走进屋里，男女主人都很热情地接待我们，这是一栋平房，一个大的客厅，三间住房和一间厨房。客厅地上铺着一张特大的草席，平时他们都是席地而坐，会客、吃饭、聊天、娱乐。我环顾四周，屋里没有豪华的装修，没有高档的家具和电器，只有一台20寸的电视机置于草席上，全家人正在观看。我们邀请斐济人坐在草席上照相，他们一点也不介意，女主人还搂着我们一位同事拍照，十分随和。我们把从中国带来的小食品送给小孩子，他们很高兴地接受。导游说，斐济人生活比较简单，钱财极少储存，生活无忧无虑，大片土地由他们耕种，辽阔的海域由他们捕捞，过着一种自给自足的生活。

斐济人每个村落都有一个聚会的场所，而且都置放着用大木制成的"拉力"。凡村子里有紧急事情，重要聚会，突发事件，都击打"拉力"，召集全村人到村中央广场来，村子里的人听到"拉力"声，无论何时何地在干何事，都必须第一时间赶来。"拉力"起到了集结号的作用，因此不能随便敲打，也不是任谁都可以敲打。曾发生在中国游客中一个这样的故事，一对青年男女到斐济人村落参观，发现这种古怪的"拉力"，两人好奇心发作，便拿起木槌敲打，全村人听到"拉力"声都纷纷起来集合，结果发现是外人乱敲打"拉力"。斐济人很有意见，当场指责两位中国游客，不该破坏了他们的规矩，伤害了他们的尊严，后来还把两位青年人投诉到有关部门，直到两个年轻人公开赔礼道歉，才了却此事。斐济人是很自信、自重、自爱的民族，正是因为这样，他们至今还保持着自己的独特的文化和传统的习俗。

在斐济的几天正是阳光和煦的美好天气，我们乘船到离南迪最近的南海岛观光。这是一个很小的海岛，岛上没有人家，只是近年开辟成旅游景点，建起了餐馆、娱乐场所和阳光浴城等建筑物。整个岛被绿树覆盖，像海面上漂浮的绿宝石。在岛上可以潜水观看海底风光、跳水、游泳……我站在沙滩上，看着海面一片深蓝，海水清澈见底，鱼儿自由游动。抬头仰望那碧蓝的晴空，天空中各种鸟儿在飞翔，海鸥、白嘴鸭……是那样自由自在，不受拘束。斐济给我一种古朴、自然、平静、安详的印象。斐济人热爱大自然，保护大自然，拥抱大自然。此时此刻，我听任思想自由飞翔，那安详如海面上轻轻袭来的和风，抚摸我的脸庞，拂动我的心房，我陶醉了。人与自然本该这样和谐，天人合一啊！

第三辑　随感偶得

这里散发民族鲜花的芳香

我的母校——中南民族大学(原中南民族学院)60周年校庆日快到了,我真该为培育我的母校写点什么,以作为难忘的纪念,也算是给母校60华诞献上一份特别的礼物吧!

48年匆匆过去了,仿佛只是一瞬间。当年在学校的情景,就像是昨天一样,那曾经多么快活的一群从遥远的山寨聚集在一起的少数民族青年,突然来到了这陌生的环境,都睁大着眼睛张望着四周的一切。母校地处武汉洪山脚下,这里处处芳草连片,翠绿匝地,鲜花盛开,其间巨树蓊郁,浓荫翳日。在那悄静的林蔽与旷处,耸立着别具民族特色的建筑,别有洞天,我们常常为能在这样的环境里同窗共读而感到无比的自豪和幸福。

那天,在我的办公室里坐着几位从母校来的校友,他们为母校60大庆专程来采访我。要谈的话题很多,当他们问及我对母校最深刻的印象时,我的话闸打开了,滔滔不绝地讲述了在母校学习、生活的那五个春夏秋冬的感受与感悟。

上世纪60年代初，我高中毕业考取了中南民族学院政治系，第一次坐上火车，独自赴武汉上大学。出发前，母亲再三叮嘱，一人在外举目无亲，害人之心不可有，防人之心不可无。一路上提心吊胆，平安到达武汉，下车后，我十分茫然，四处张望，不知怎么去到学校，这时看到远处一块大牌写着“中南民院新生接待站”，我如获救星，跑上前去，接待站的同学很热情地送我上校车。一路上，接待的同学给我们介绍学校的情况时，眼里闪动着自豪的神情。到学校后，还领着我去报到、注册，一切都很顺利，这时我戒备心理释放了。

离开家之前，兄弟姐妹们都叫我到武汉之后一定要在长江大桥拍张照片寄回去给家里人看看。注册之后，我便把行李放在宿舍里，直奔长江大桥拍照片，完成家里人的夙愿。回到学校天色已晚，当走进宿舍，不知谁已帮我把床铺好，经询问，原来是同宿舍的预科上来的同学，他们帮我借来被子，蚊帐，一下铺好了。我心里十分感动，我们毕竟刚刚跨出家门，正值青春年华，很快一起嬉笑和欢乐，我们成了好朋友。

学校美好的景色，使人陶醉，也使同学之间的友情交融，加深。我们班的同学来自9个民族，大都来自边远的山区。同学们之间的交谈、交往都很自然，坦率，爽朗，毫不拘束地坦露心襟。大家学习都很用功，一有时间就往图书馆和教室跑。图书馆是同学们看书、自习的最好去处，但座位有限，常常座无虚席，同学们有时互相让座，态度十分友善、诚恳。在交往一段时间后，我发现，尽管同学们都来自比较落后的民族山区，但他们温厚、热情、诚实，富有爱心以及拥有惊人的聪颖智慧。

当时高等院校实行教学改革，学校决定拿我们班作为教学改革的试点。为了探索经验，学校成立了以院长白瑞西为组长的教学改革领导小组到我们班蹲点。那时在我们眼里白院长是个高级干部，了不起的人物，能到一个班蹲点，是件不可思议的事情。白院长蹲点住在我们宿舍楼四层，常常叫我们去开座谈会和个别交谈，十分亲切。我们班主任是个汉族女同志，她对我们山区来的学生特别关心，她用女性特有的细腻，对我们问寒问暖。冬天武汉特别冷，她为我们烧起教室的暖气炉，就像一种母亲温柔体贴的爱，难以忘却。

我酷爱课余闲暇时一个人默默读书，动手写些短文、小诗。后来在班上成立了个课余写作小组，许多同学踊跃参加。我们办有墙报，挂在宿舍楼的外墙上，供大家阅读。当时我对文学艺术创作还是一知半解，写些东西也只是凭着对文学的爱好胡乱地写，经常在墙报上发表诗歌、散文。语文教师课外为我辅导写作，评点作品。记得我第一次登在墙报上的诗是《校园》——“东方升起火红的太阳，校园染透金色的霞光，晨风送来满园书声，那是一篇篇马列主义诗章；晨风是多么凉爽，校园张张笑脸映着朝阳，我们是革命事业接班人，心田盛满毛泽东思想！晨风是多么清香，校园处处鲜花开放，我们生活在民族大家庭，到处散发民族团结之花的芬芳。”这诗虽然写得不是很好，但诗意却永远荡漾在我的心中。

这一切的一切啊，竟使我思绪的野马难以收缰，使我流速加快的血液难以缓和，急骤跳动的心难以平静，耳边仿佛响着那雄壮、欢快、动听的歌声："五十六个民族，五十六枝花，五十六个兄弟姐妹是一家……"我爱美丽的母校，爱真诚友善的校友，然而更爱母校孕育这种民族团结、和谐的氛围，这不正是中华民族最宝贵的精神财富吗？

广西历史状元杂谈

中国从隋大业三年(607)到光绪三十年(1904),在1300年的科举史上,广西共产生过10个文举状元,其中有2人是“三元及第”,即在同一科的科举考试中,乡试夺得“解元”,会试夺得“会元”,殿试夺得“状元”。这10名状元是:

1.赵观文,临桂人,唐昭宗乾宁二年(895)乙卯科状元;2.裴说,临桂人,唐哀帝天祐三年(906)丙寅科状元;3.梁嵩,平南人,南汉白龙元年(925)乙酉科状元;4.王世则,永福人,宋太宗太平兴国八年(983)癸未科状元;5.冯京,宜山人,宋仁宗皇祐元年(1049)己丑科状元;6.毛自如,富川人,宋宁宗开禧元年(1025)乙丑科状元;7.陈继昌,临桂人,清嘉庆二十五年(1820)庚辰科状元;8.龙启瑞,临桂人,清道光二十一年(1841)辛丑科状元;9.张建勋,临桂人,清光绪十五年(1889)己丑科状元;10.刘福姚,临桂人,清光绪十八年(1892)壬辰科状元。

科举制度,是隋唐五代实施重振儒术兼重佛道教育政策的产物，在当时对推进文教，培养、选拔人才有一定的作用，但由于后来因考试内容和方法的失当及其他种种腐败黑暗现象，终在清末1905年宣布停止，被学校教育取而代之。最近在开展桂学研究中，对广西的科举史进行了初步探讨，虽谈不上有惊人的发现，却也发现些八桂前人有趣的事，倍感广西文化先人的伟大，倍感作为广西人的自豪，倍感桂学研究的需要！

“三元及第”全国之首

中国科举史上共出现14个文举“三元”：唐代博陵安平（今河北定州）人崔元翰、深州陆泽（今河北深县）人张又新；宋代蔡州汝阳（今河南汝南）人孙何、青州益都（今山东青州）人王曾、开封雍丘（今河南杞县）人宋庠、庐州合肥（今安徽合肥）人杨寘、广西宜山人冯京；辽代涿州（今河北涿州）人王棠；金代开封人孟宗献；元代中山无极（今河北无极）人王宗哲；明代直隶贵池（今安徽贵池）人黄观、浙江淳安人商辂；清代江苏苏州人钱棨、广西临桂人陈继昌。

按地域划分，广西、河北、河南、山东并列全国第一，各有二人获得三元殊荣。

从三元及第人数上看，“八桂人物胜江南”，广西超过了传统的文化大省江苏、浙江。宜山人冯京、临桂人陈继昌共同书写了广西科举时代的全国之最。

冯京（1021—1094），字当世，号齐年，宜山县城东冯村人（科举史记载为江夏人），宋仁宗皇祐元年（1049）己丑科“三元”;陈继昌(1791—1849),原名守睿,字哲臣,号莲史,临桂县四塘镇横山村人,清嘉庆二十五年(1820)庚辰科“三元”。

两位“三元”尽管相距771年,但人生际遇,竟然惊人相似,仿佛陈继昌就是冯京的“灵魂附体”。

冯京、陈继昌都是在乡试中夺得解元后,改换名字参加会试、殿试,从而大魁天下的。

冯京自小随父游学四方,在江夏(今湖北武昌)参加乡试,并夺取头名。因其才学过人,声名远播,国戚张尧佐心存妒忌,千方百计对冯京进行打压。他利用外戚的便利和权力,密令心腹通过监考人员从中作祟,凡是姓冯者皆不让报考。冯京洞察了张尧佐的阴谋,便在姓名方面做文章,把“冯”字左边两点移到“京”字左边,改名为“马凉”,骗过了监考官,并以真才实学,连夺会元、状元。仁宗皇帝召见“三鼎甲”(状元、榜眼、探花)时,冯京赶在张尧佐告状前,主动将伪造假名、冒犯君严的事情,委婉地向皇上禀报了缘由。仁宗皇帝给他“释褐”为官后,“马凉”才又变回“冯京”。

陈继昌也非其原名。参加广西乡试夺得解元时,他的名字叫“陈守睿”,为何参加会试、殿试要改名为“陈继昌”呢?陈继昌三元及第后,其姑丈——进士出身,任山东兖沂曹济道的熊方受,在《妻侄陈莲史及第诗以贺之》的诗中,揭开了谜底:“果是冯京即马凉,星明奎壁照吾乡;桂林山水甲天下,贤相勋名施四方。诗好谶传仙洞石,梦奇身惹御炉香;圣皇周甲初开秩,独立鳌头捧寿觞。”熊方受在该诗的注解中写道：“梦捷报到门，展视乃今名(继昌)，诘以错讹。贵人答云：‘今岁会状元，必是此名。’寐而更名，恰符梦兆。”这就是“陈守睿”改名“陈继昌”的来由。

同样是改名，冯京更多的是无可奈何，目的是为了得以正常应试。陈继昌则是主动的，目的是与贵人梦兆的状元名字一致。结果两人都成功了，摘取了万人瞩目的桂冠。

殿试榜眼成状元

冯京、陈继昌的状元路，都不是一帆风顺的。两人都是乡试和会试连占魁首，而殿试成绩却只排第二，由皇帝钦点为“状元”后，才成就三元及第的。

冯京殿试成绩名列第二，单就成绩而论应是榜眼。但是，因为排在首位的沈遘(字文通)是现职官员，不能钦点为状元，冯京自然得以高中。据《宋史》记载：“沈遘字文通，铁塘人，以荫为郊社斋郎，举进士，廷唱第一。大臣谓已官者不得先多士，乃以遘为第二。”其时，沈文通凭祖荫已成为贵胄，而宋代政策是“抑贵胄而奖寒素”，故冯京从第二变第一，送呈皇上钦定。

陈继昌中状元，与冯京经历极为类似，让人不得不相信梦兆的说法，似乎是老天爷刻意要陈继昌及第三元。陈继昌抱病参加殿试，勉强对策，仅答得完卷，并没有发挥很高的水平。阅卷大臣拟陈继昌为一甲第二名(第一名为现代台湾著名作家高阳的先祖许乃普)，欲呈御览。知贡举大臣曹振镛(安徽歙县人)说:“本朝百余年,三元仅一人,无以彰文明之化。”既然曹振镛要美化皇朝,于是已经夺得解元和会元的陈继昌就作为状元候选人送呈皇帝钦点,阅卷官们自然也提不出任何意见,更何况陈继昌会试第一、殿试第二的成绩完全经得起推敲。

陈继昌出生在临桂县四塘乡横山村,书香门第、官宦世家,是乾隆朝时著名宰相陈宏谋的玄孙、翰林出身的江西布政史陈兰森的孙子孙。嘉庆十八年(1813)参加乡试,中癸酉科解元;嘉庆二十五年参加庚辰科礼部会试,成为会元;在殿试中,嘉庆帝钦点为状元,成为“三元及第”,也是中国科举史上最后一个“三元及第”。

陈继昌三元及第,朝野轰动。从皇帝到朝中大臣,从京城到广西,无不同声庆祝。嘉庆皇帝认为这是“熙朝得人庆,明德著后昆”,亲自赋诗庆贺:“大清百八载,景运两三元。书香传世德,旧相有余庆。”

操守品行受称道

冯京官至枢密副使,与宰相轮班知印,同升政事堂,掌管国家军政大权。陈继昌先后任江西、山西、直隶、甘肃、江宁布政使,官至江苏巡抚。两位三元,都以良好的品行操守名留青史。

冯京三元及第时,年仅 29 岁,尚未婚配。原来阴谋把冯京挡在考场外的国戚张尧佐,一反“妒贤忌才”形象,摇身变成“爱才招贤”,竟以其美艳女儿为代价,硬招冯京为婿,妄图将状元郎变为自己的心腹党羽。张尧佐派人把冯京请到家中,“束之以金带，曰‘此上意也。’顷之，宫中持酒肴来，直出奁目示之。”张尧佐企图以金帛和嫁妆以及美色诱惑，并且托言说是皇上旨意，张贵妃还派人从宫中送来酒肴和礼单。冯京连看都不看这些礼单一眼，就坚决地拒绝了这门亲事。冯京出知扬州，以翰林学士被召还京，因数月未拜访丞相韩琦，被误以为是恃才骄傲。岳丈富弼要冯京去拜访丞相，冯京对韩琦说：“公(韩)为宰相，从官不妄造请，乃所以公为重，非傲也。”正是因为人品佳，冯京历四朝而不倒，即便是公开反对王安石变法，他也没受到太大的处罚。冯京去世后，哲宗皇帝还亲自到他的府第祭奠，并追赠“司徒”，谥“文简”。

陈继昌入仕后历任多省布政使、巡抚，有很大的财权。他公正廉洁，洁身自好，不贪污受贿，道光皇帝赞他“清洁”。陈继昌老家临桂四塘横山村，在陈宏谋(乾隆宰相，陈继昌先祖)时代，造有十间堂屋，嘉庆二十一年(1861)被大火烧毁。大火之后四年，陈继昌三元及第，后历任京官、外职等显宦，特别是任布政使每年经手数千万两银子，都无力把被烧的房子修复起来。维修房屋之事一直拖了 15 年，直至道光十年，陈继昌从广州北上经过家门，才留下了讲学所得、仅够复建五间房的银子——一个封建王朝的高官直至退休还乡，居然还无力全部修复被烧掉的房子！

此科专为裴家开

中国科举史上，曾有过五对同胞兄弟中状元和榜眼的记载。按时间的先后顺序是：唐代广西临桂裴说、裴谐兄弟；宋代庐州合肥（今安徽合肥）杨寘、杨察兄弟；明代顺天固安（今河北固安）杨维聪、杨维杰兄弟；明代湖北江陵（今湖北武昌）张嗣修、张懋修兄弟；清代江南阳湖（今江苏武进）庄存舆、庄培因兄弟。

这五对兄弟状元、榜眼中，唯一兄弟同科共榜的只有裴说、裴谐。

还有一些资料曾记载，唐德宗建中二年（781），崔元翰、崔敖、崔元备三人同科分别中了状元、榜眼、探花。后经专家考证，状元崔元翰、探花崔元备的籍贯是博陵（今河北定州），而榜眼崔敖却是许州（今河南许昌）人。崔元翰与崔元备是同胞兄弟毋庸置疑，但崔敖与他们只是五百年前同一家。因为兄弟同科同榜籍贯不一致的错误，在古代发生的概率几乎为零，故后来学者没再把崔元翰、崔敖与崔元备当作同胞兄弟。

裴说、裴谐兄弟双榜之所以在中国科举史上空前绝后，乃是因为兄弟同科共榜是有诸多讲究与巧合的。先是弟兄俩必须是绝顶聪明，才华横溢。这点，从裴氏昆仲传给后世诗作中得到印证。次是兄弟俩年岁相差不多。裴家兄弟生卒史无记载，更不敢妄言其是孪生兄弟，但从弟兄俩常同作一诗情况看，以及从唐代科举考试几乎是年年开科的情况分析，弟兄年岁相当。另外，兄弟俩必须有极好的运气。能考取进士，特别是排在前几名呈皇帝钦定之人，水平可以说是没有任何差别的，谁被钦点，关键在运气。裴说、裴谐因诸多因素巧合，兄弟同科共榜成状元、榜眼也就水到渠成。

排队困难登皇榜

作为"南蛮之地"的学子，裴氏兄弟名登龙虎榜的困难可想而知。根据已经掌握的历史资料分析，当时裴氏兄弟登顶，面临着四大难题。

——开科取士人数极少。唐代一般每科只取进士 20 余人，按照惯例每省只能送明经 2 人参加礼部考试。唐哀宗天祐三年，国子监、礼部、河南府奏请增加明经解送人数和增加进士放榜人数。唐哀帝准奏，敕曰："朝廷取士之科，每岁择才之重，必资艺实，以副勤求。或来自远途，或反稽乡荐。今年就试，多有屈人，所司奏论，是宜俞允。苟叶无私之道，俾开振滞之门。切在精详，竚观公当。其礼部所放进士，于旧年人数外，宜令更添两人。"即便是皇帝恩准，也只是录取进士 25 人。全国几十个省(唐朝的疆域不比现在小)，能从各省选拔中脱颖而出到京都考试并且能以举人考取进士已属不易，还要荣登皇榜头二名，难度可想而知。

——社会动荡路途遥远。唐哀帝时期，奸臣弄权，藩镇作乱，内忧外患，到处兵荒马乱，唐王朝处在风雨飘摇中。当时交通不便，广西到京都长安路途遥远，且路上烧杀抢掠寻常事，能够颠沛流离平安到达京都已是极不容易，根本不敢指望上京赴考途中切磋琢磨，保持良好的考试状态了。从裴氏兄弟金榜题名后第二年即天下大乱、唐王朝消亡的情况看，社会动荡的程度可想而知。

——朝中无人可作依靠。唐代广西经济文化相对落后，在朝为官人数极少。加上处在唐王朝土崩瓦解的前夜，京官的操守已经发生了变化。考前无甚名气，没有重臣关照，裴氏兄弟是众学子讥笑的对象。唐朝举子会试之前，要“先投所业公卿之门”，叫做“行卷”。《唐诗纪事》载，裴说“只行五言十九首。至来年秋赋，复行旧卷。”学子们笑话裴说没有新卷，裴说反驳说：“只此十九首苦吟，尚未有人见之，何假别卷哉?”从一开始，在朝廷中没有任何根基的裴氏兄弟，靠的只有自己，所幸考官取士尚算公允。

——确有才学超群者。是年开科，虽是唐王朝大厦将倾，但学子才学依然不低。除裴说兄弟外，薛廷珪也是学识、诗作佼佼者，甚至在殿试中还拔得头筹。庆幸的是，薛廷珪当时已有礼部侍郎的官职在身，不参与排名，才成就裴说、裴谐这一空前绝后的殊荣。

兄弟诗名留青史

裴说是以苦吟出名的诗人。他生于乱世，早年窘迫于乱离，奔走于道路，眼中所见的是国家沦落、百姓遭殃、路途荆棘、盗贼如毛、兵荒马乱，因而遗留给后人的都是被迫为旅，携眷出走，反映社会动荡、民不聊生的痛切“苦吟”。他高中状元后，曾任补阙、礼部员外郎，明显不受重用。天祐四年(907)，天下大乱，裴说见得不到重用和升迁，就携眷南下逃难，以期回到家乡，与任桂岭摄令的弟弟裴谐会合。谁知因战火波及，于旅途中死去。一代状元，死于何时，卒于何处，竟无人知晓！

弟弟裴谐夺得榜眼后，即被朝廷派任外职，得以远离京城之乱，官至桂岭摄令。裴谐在家乡桂林，与王元、翁宏，湖南廖融等诗友，彼此吟哦，成为五代初期岭南、粤西诗坛佼佼者。

史书上曾有裴说、裴谐同作五言诗的记载。作《湘江吟》时，裴说诗云："吟余潮入浦，坐久烧移山。"裴谐诗云："风回山火口（注'口'为古籍中已遗失的字），潮落岸水高。"兄弟俩经过杜甫坟时，哥哥吟："拟掘孤坟破，重教大雅生。"弟弟续："名终埋不得，骨且朽何妨。"

时势英雄运气造

历史已经充分证明，广西历代状元确有真才实学，他们荣膺状元称号当之无愧。但也不可否认，科举考试中，一些士子特别是赵观文、裴说、冯京、陈继昌、张建勋，运气确实出奇的好，加上自身实力不差，一路过关斩将，逢凶化吉，大魁天下。个人的时运，实际也成了科场魅力的一部分。裴说、冯京、陈继昌在殿试中，都是排在第二。因为名列榜首的薛廷珪、沈遘是现职官员身份，不定为状元，裴说、冯京才得以显露峥嵘。陈继昌殿试排在许乃普后面，若非知贡举曹振镛要粉饰太平"彰文明之化"，想为嘉庆王朝取一个"三元及第，历史上或许就没有"陈三元"了。

唐代赵观文(唐昭宗乾宁二年状元,临桂人)得中状元,特别富有戏剧性,是别人"煮熟的鸭子"飞到了他的嘴里。唐昭宗乾宁二年(895),赵观文参加春闱考试,主考官为刑部尚书崔凝。发榜时张昭宪居首,在 25 名进士中赵观文仅列第八。落第举子不满,指责崔凝利用职权操纵科场,营私舞弊。昭宗皇帝得知,下诏于武德殿重试,合翰林学士陆扆主持,并亲自阅卷。昭宗皇帝认为赵观文"才藻优赡,义理昭然,深穷体物之理,曲尽缘情之妙。所试诗赋,皆合本意",遂钦点为第一。因该科考试原受主考官操纵,重试时昭宗皇帝削减了进士名额,只取 15 名,初试头名张昭宪落榜。进士考试进行重试,唐昭宗开了中国科举史的先河,幸运就这样落在赵观文的头上。

广西学子的科举好运还在延续。同是临桂人的张建勋(光绪十五年己丑科状元),在赵观文高中状元后 994 年,即 1889 年参加科举考试,其得中状元与赵观文也有异曲同工之妙,应了一句成语,"鹬蚌相争,渔翁得利"。当时阅卷大臣翁同禾、李鸿藻是"鹬蚌",张建勋则成了"渔翁"。翁、李二人,皆是朝中名臣、"学霸",各执己见,都要将自己选中的试卷列为第一呈送。他俩谁也说服不了谁,于是决定两人所说的第一全不用,重新再选。这一重选,诗文、书法俱佳的张建勋入了翁、李两"学霸"的法眼,作为第一呈御览。光绪帝按照呈进时的顺序,钦点张建勋为状元。正是得益于重新拣选,加上隔科后刘福姚中状元,也成就了临桂县"三科二状元"的科举殊荣。也许张建勋不是殿试主考官初选的状元，这一“科举花絮”，广西地方志中一直没有提及，倒是京城科举志记述得相对清楚。

生不逢时徒奈何

也不是广西所有的状元都幸运得意。考察几个广西不得志状元的状元路，发现有一个有趣的特点：他们都生不逢时，无一不是在皇朝末期，政治动荡年代开始自己的状元路。朝廷还在风雨飘摇中，状元们即使是满腹经纶，三头六臂，也只有徒唤奈何。国运决定了个人命运，国运衰败，状元曾经的好运也就不再回头。

初试落第，复试抡元，赵观文的运气不能说不好。但晚唐昭宗王朝，是中国历史上有名的波荡动乱年代，外戚作乱，宦官专权，外敌侵凌，藩镇割据，唐王朝处于崩溃边缘。在这种大环境下，朝中并无朋党，素以正直诚实著称的广西人，又怎么可能如鱼得水呢？赵观文中状元后授官翰林院侍讲学士，由于他不善迎合，对刘季述等权臣的专横看不惯，并有言词冒犯，同时又不屑与奸臣崔胤之流为伍，深感官场险恶，危机四伏，遂急流勇退，辞官故里。作为广西历史上首位状元，赵观文匆匆结束仕途，一生终未有大的作为。

与赵观文差不多同时代的裴说、梁嵩（五代十国时期白龙元年状元，平南人），命运比赵观文更惨，两人竟是惨死在归家途中。裴说状元椅尚未坐暖，第二年即天下大乱，唐王朝已不保。战火中，一介书生的裴说只能向着家乡的方向逃命，像丧家之犬一样在旅途中死去，尸骨永远留在他乡的荒山野岭。以《荔枝赋诗》摘取桂冠，并以《代母作倚门望子赋》(收入《全唐文》)闻名的五代十国南汉白龙元年(925)状元梁嵩(平南人)，倒是得到了皇帝刘龑①的重用，但南汉王朝却是连年征战，民不聊生。梁嵩利用皇帝的信任，提出回乡探母，皇帝要厚礼相送。他拒绝皇帝所赠金银财宝，提出减免家乡龚州(平南古时黎龚州)一年的税赋，得到皇帝恩准。回乡途中，“急于见亲，野渡无舟，乘白马过河。”人与马竟一同淹没而亡，梁母倚门永远望不到归家的孩子!

宋宁宗开禧元年(1205)状元，富川人毛自知，则是蒙受千古奇冤，郁郁不得志而死。殿试时毛自知以“出兵抗金，定中原”作答，颇合宰相韩侂胄北伐用兵之意，深得赏识。韩宰相极力推荐下，宁宗皇帝擢毛自知为状元，授承事郎，签书镇东军节度判官。后因宰相韩侂胄出师不利，被礼部侍郎史弥远等人谋杀，朝廷中主和派占了上风，首倡抗金的毛状元受到重罚。《宋史》记载:“嘉定元年三月癸酉，以毛自知首论用兵，夺进士第一恩例。戊子，下诏戒饬内外群臣。”朝廷消除了毛自知状元头衔，降名为第五甲，降职为监当官。毛自知只做了二年十个月

① 编者注:龑，汉语拼音 yǎn，原名刘巖，又名刘陟，五代十国时南汉开国者，以《易经》“飞龙在天”之意为自己生造“龑”字作名字。

的状元，就成了中国科举史唯一被取消状元头衔的人。其后，毛自知一直未被起用，他去世时，毛父是“白发人送黑发人”。

相比较而言，历史上首个享受赐宴琼林苑的状元王世则（宋太宗太平兴国八年状元，永福人）因上疏劝谏储立皇太子被贬任知州；“粤西五大古文家”龙启瑞（清道光二十一年状元，临桂人），在抗击太平天国任上病逝；以“反侵略文学”闻名的爱国词人的刘福姚（光绪十八年状元，临桂人），只不过是报国无门……已经是甚为幸运的了。

我家开放四朵花

搬进青山小区居住，远离了喧嚣的市区。这里的环境十分幽静，可生活很不方便，没有辆车，寸步难行。长年累月，便生几分寂寞。妻子常说，我们是从山里来到城里住，如今又从城里回到山里住了。

儿女们为了减少我们的寂寞与孤独，商量好每逢星期天和节假日都要雷打不动的回家团聚，这给我们老两口许多安慰和喜悦。每到孩子们要回来时，妻子就忙着准备第二天孩子们回家聚餐的饭菜。

今年过端午节，儿子把两个姐姐叫到一起，决定早点回家，亲手做一餐饭菜来慰劳我们，于是几个人分头去做准备。下午三点，女儿、女婿、儿子、媳妇的车子先后停在住房前的空地上。儿女们平时很少这么早回家，妻子见大家都回来了，从来没这么高兴过，可嘴里仍在唠叨："今天怎么回得这样早，也不打个电话提前告诉我们一声！"

"阿妈！今天是端午节，晚上的饭菜我们全包了！你们就等着吃现成的吧！"二女儿搂着她妈妈说。"那敢情好啊！我们坐着享福了！"妻子满脸挂着笑容说。大女儿边从车上边搬东西边说："生菜、熟菜都准备齐全了，稍做些加工就可以上桌！"

我家是个民族大家庭，有仫佬族、壮族、瑶族、汉族四个民族，各个民族过端午节的方式都不尽相同。全家只有妻子是壮族，在我们家属于少数民族，可在晚饭问题上，她说话最算数。看到孩子们买回来的食品，妻子马上发表意见："今天是端午节，可不能像平时回来一般加菜，你们买回来的东西都不合格！"孩子们傻了眼。没等他们说话，妻子接着得意地说："我都准备好了！"她打开冰箱，把东西全拿了出来。鸡、鱼、鸭、肉、黄瓜、青菜、芋头、蒜苗……应有尽有。"还是阿妈想得周到！"孩子们异口同声地夸奖着。

妻子昨天就忙碌了一天，包了三种不同的粽子，有壮家的三角粽、仫佬族的小长粽、汉族的凉拌粽，瑶族油茶也是上好的油茶料子。妻子很得意地说："端午节主要吃粽子，我按你们各人的口味包的，自己选着吃吧！吃不完就带回去，够你们吃几天了！"

因为是过节，妻子执意要自己亲自动手做菜。大女婿是瑶族，喜欢吃扣肉，她专门做了荔浦芋扣肉，二女婿是汉族，喜欢吃柠檬鸭，这道菜是她的拿手好戏，做得香甜可口。我对妻子说："我们仫佬族最喜欢吃的是粉蒸肉和豆腐圆，这道菜还是我亲自动手吧!”没等她同意,我已经开始操作了。孩子们都为我们打下手。

剩下的白切鸡、鸡蛋饺等一些常规菜都由汉族媳妇来做。这顿饭,人人都想露一手,连最不会做菜的小儿子也动手做了酸拍黄瓜。下午六点半钟,所有的饭菜都做好了。全家乐融融地围坐在一个大大的圆饭桌上,儿女们举杯祝阿爸阿妈端午节快乐,健康长寿!我说:“为我们家民族大团结干杯!”

其实,这样的家庭聚餐我们经常举行,而且都做各个民族独特的菜肴,孩子们说,我们家可以开个民族餐馆了!尤其是中秋节、清明节、春节、我和妻子的生日,孩子们都各显身手,每个人做道菜,真是丰富多彩、琳琅满目,全家乐融融美食一顿,每当这个时候,我都告诫孩子们要十分珍惜我们这个民族家庭这种和睦与欢乐的气氛!

孩子们相处得很好,我们家有事都能坐下来有商有量。记得前些年,小外孙出世之后,我们都为他们的民族归属为难,谁知两个女婿很开明,表示孩子要仫佬族。如今,一问外孙们,你是哪个民族呀?他们都说,和妈妈一样,是仫佬族!我常半开玩笑地对朋友们说,我们家是仫佬族自治家。

说句实话,当初我并没有意识到我的婚姻、儿女们的婚姻要组建这样一个民族大家庭。广西 12 个世居民族,各族人民世代和睦相处,同住一座山,同耕一洞田,同饮一江水,同唱一种歌,彼此之间没有隔阂,亲如一家。在我们家乡,逢年过节各族乡亲都互相串门、相互请客，各族青年穿着节日盛装，聚在一起，唱歌跳舞，对歌谈情说爱。有山歌唱到："一把芝麻撒上天，山乡好歌万万千。万千好歌同声唱，各族人民情相连。"我母亲是客家人，年轻时很会唱歌，是方圆十里八寨有名的歌手，听说她和父亲结婚就是对歌对上的。这说明我们仫佬人很早就和汉人通婚了。有一次，我在给兄弟省介绍广西民族团结情况时无意中脱口而出："我家有四个民族，相处很好，可以说是广西民族团结的缩影！"这事便传开了。

后来，凤凰电视台要拍我家民族团结的专题片，我说："像我家几个民族和睦相处的家庭在广西各地还有很多，去拍他们更有典型意义！"此后，有的领导同志向外界介绍广西的民族团结情况时，都拿我家做例子，我这个"仫佬族自治家"成了一张靓丽的名片。

和睦的家庭空气是世上的一种花朵，没有东西比它更温柔，没有东西比它更优美，没有东西比它更适宜于把一家人的天性培养得坚强、正直。我们这个多民族组成的家庭，每天都在浇灌着这朵鲜花，让它永远开放在温暖和谐的家庭里！

注：此文获 2010 年中国作家协会、人民日报举办的"盛世民族情"征文优秀作品奖（全国投稿 1 万多篇，共评出优秀作品奖 15 篇）。

永远珍藏这份情感

每逢我在自己的书架上顾盼流连的时候，眼前总是浮现出自己用棉线精心装订的《广西文学》合订本。每年一本，十几大本摆放在书架上蔚为壮观！当然，书架上还有很多其他书籍，有的甚至还是昂贵的书。由于从县城调到地区、从地区调到自治区，我搬了好多次家，每搬一次我的小小图书馆都难免受到损失，可这几十本《广西文学》的合订本，却保管得完好无损。妻子说，这些过期的杂志，还有什么用，早都该卖掉了！我说，这是广西本土文化的标本，怎么能随便卖掉呢！那是要珍藏的！妻子无语以答。

我是从上世纪70年代便开始订阅《广西文学》，当时每月工资就50多块钱，订《广西文学》三块多钱，这对一个五口之家来说，是一项蛮大的财政支出啊！可是我还是咬紧牙关坚持每年订阅。那时文艺期刊很少，每次收到《广西文学》，都赶紧抽时间读完。有时还随身带去下乡和出差阅读。在《广西文学》，我读到很多好的小说、散文和诗歌，同时也了解到广西文坛的状况，还结识了不少文友，受益匪浅。有几期要反复看几遍，甚至对这些杂志的气味都很熟悉，我只要把鼻子凑近这些杂志，它们散发出来的书味就立刻勾起我对其中文章的种种回味……

当年，我经常给《广西文学》投稿，但被采用的极少。因为当时全广西就那么一本文学期刊，投稿的人很多，每期用稿量也有限，加上自己刚入文学创作之门，说句实话，相比之下，与那些名作家仍有一定差距。我印象最深刻的是，有一次，我给《广西文学》投了八首山歌的稿子，一周以后接到编辑部的电话，叫我到南宁去修改这稿件。当时我在县委新闻报道组工作，于是和组长请了假。坐了一天的长途汽车赶到南宁，编辑部同志把我安顿在十分简陋的招待所住下。第二天，我到编辑部听取编辑对修改稿件的意见，然后回到招待所按他们的意见作了修改，结果仍没通过。就这样，我反复修了好几遍，编辑部才通过。为修改这八首民歌，我在南宁待了两天。后来，《广西文学》只发了四首。可见当时要在《广西文学》上一篇稿多么不容易！当年《广西文学》在文学青年中是一个神圣的文学殿堂！

80 年代初，我调到自治区政府办公厅工作，依然对《广西文学》情有独钟。每年公家会发订报纸杂志费，都少不了订阅《广西文学》。1988 年我调到南宁地区工作，因为大量时间抓农村工作，早出晚归，没时间阅读文艺期刊，便停订了。后来调回自治区宣传部工作，编辑部每期都赠阅，才又与《广西文学》见面。但当时工作实在太忙，有时看报都只看标题，《广西文学》更无暇浏览，很多好的作品没认真拜读。有时听朋友说有哪篇好文章，才偶尔翻翻，以至有一段时间冷落了《广西文学》。现在想来，这是一种难以弥补的损失！

上世纪 90 年代，全国的报纸杂志泛滥，给新闻出版管理带来很大困难，正确的宣传舆论受小报小刊冲击很大，因宣传舆论导向偏差，引发了不少重大事件。于是，我国开展了一次全国性的报纸杂志大整顿，压缩取缔了一部分非法出版物和不合格的报纸杂志，规范了新闻出版市场。在这次报纸杂志整顿中，《广西文学》始终没有发现重大的问题，无疑是保住了。但是，受市场经济负面的影响，传统的文学期刊发行量每况愈下。《广西文学》一直坚持真诚传统文学、地域文学的办刊宗旨，发行量剧减，最后到了难以为继的地步，办刊的经费极度困难。编辑部的同志曾试图转向搞流行文学、泥石流文学、小品文学，都没有成功。《广西文学》面临着生死存亡的时刻！

在一次听取广西区文联工作汇报时，区文联领导如实反映了《广西文学》面临的困境，当时我脑海里闪过的第一念头就是，《广西文学》一定要坚持办下去，必须坚定不移地保护这块净土，守好这个阵地。经研究，决定每年从宣传文化基金拨出 5 万元支持《广西文学》。这使《广西文学》挺过了最困难的时期。但五万元对办好一份省级的文学期刊，是远远不够的。怎么办？只有另找出路。

1998 年，我到柳州找广西金嗓子公司江佩珍董事长，希望她能每年资助些经费办好《广西文学》。江佩珍同志是个爽快人，二话没说，当场答应，并达成了每年资助《广西文学》25 万元经费的协议，而且一直坚持到今天。就这样，解决了《广西文学》办刊经费的困难。广西文艺界的朋友每提起这件事都说是我挽救了《广西文学》。其实不然，《广西文学》能走到今天，凝聚着历届领导班子和广大文学爱好者的心血，得力于企业家们的真诚资助和各级领导的关心！在《广西文学》与金嗓子合作的签约仪式上，我讲了这样一段话："《广西文学》走过了五十年春秋，发展道路曲折坎坷，特别是在当今市场经济大潮中，《广西文学》作为纯文学期刊，更是面临着严峻的挑战和生死存亡的考验，在这种困难关头，中外享有盛誉的'金嗓子'企业伸出了有力之手，友谊之手，决定与《广西文学》携手并肩，共渡难关，这充分体现了现代企业家们对发展先进文化的积极态度和胆识，难能可贵……"时间一晃就过了十几年，《广西文学》走到今天，实属不易。我们从事任何事业，如果把困难看作是事业的不幸羁绊时，面对小丘时都会哀叹人生际遇的坎坷，而人生的乐章中只有注进了不畏困难的旋律，那么层峦叠嶂才会被看作是前进的阶梯。《广西文学》人正是以这样的心态和思想，一路走过来的。

世界上什么都可以珍藏，物质上的珍藏，使人有种踏实感；

精神上的珍藏，使人有一种亲切与甜蜜感。珍藏是对历史的沉思，珍藏是对岁月的叙说。珍藏越多，精神上越富有，物质越有实力。我与《广西文学》交往几十年，亲眼目睹她的成长，亲身体验她发展的艰难，也亲身接受过她的教益。友情是人生的美酒，友情是一个甜蜜的责任。我十分珍惜与《广西文学》的这份情感。今天，在她 60 岁生日时，我收拾了这些值得回味的往事，珍藏着这份情结。我想，在日后岁月里，我依然会不断升华、加深自己对《广西文学》的炽爱和对广西文学事业的一片真情！

壮族骄子——梁庭望

梁庭望先生是中国著名的、大师级的民族文学研究壮族学者，他成长的道路充满了艰辛和传奇。他从广西最贫困的大石山区之一的马山县古寨乡走出来，走出广西，走向全国，成为我们引以为豪的一代研究民族文化的少数民族专家、学者。他五十年如一日在民族文化教育和民族文化研究领域辛勤耕耘，培养了一大批各民族英才，写下了1000多万字的民族文化著作，可以说是桃李芬芳，著作等身。他以自己的师道品格和才学睿识影响了我们这一批后学，打开了我国民族文化研究的新局面。他是我们学人的一个标杆，是我们学习的楷模，是壮族的骄子。

庭望先生是我们党培养出来的少数民族学者，在他的身上凝聚了党的民族政策的光辉。他童年的人生之路和求学之路充满了艰辛和泪水，1岁丧母，14岁丧父，自小就在极度贫困的环境中长大，数次因贫困而辍学，民族的苦难在他的身上烙下了深深的烙印。是共产党和新中国改变了他的命运，使历尽艰辛的他完满地完成了初中和高中的学业，以优异的成绩考上中央民族学院(即现在的中央民族大学)。亲身经历新、旧中国的鲜明对比，铸造了他对党的耿耿赤心和对民族的深深感情。庭望先生为人处世有一条明显的主线，那就是自觉地从党的事业和民族大局的高度来看待学术研究与民族问题，自觉地维护国家利益和民族团结。当年中苏边界谈判陷入僵局时，在国家利益受到严重威胁的关头，庭望先生协助费孝通等文化大师遍搜历史资料，以充分的证据证实中方的立场，终于使我国外交部在边界谈判中掌握了主动权，维护了国家领土的完整与安全。在我国文化安全的保卫战中，庭望先生也是勇于向世界的权威观点挑战。在世界农业史中水稻栽培技术的发明权归于印度历来是世界学术界的权威观点，对于这一权威观点，庭望先生从来就没有停止过自己的思考，他从维护我国的文化安全的角度出发，以我国考古发现的新证据撰写了《水稻栽培——壮族祖先智慧的结晶》、《古代越人对发明水稻人工栽培的贡献》、《栽培稻起源研究新证》、《水稻人工栽培的发明与稻作文化》等一系列论文，全方位地论述了水稻人工栽培技术是我国古越人的伟大发明。庭望先生的研究成果后来得到世界学术界的公认，成为栽培稻世界起源的权威观点。我国终于夺回了水稻栽培技术的发明权。庭望先生这一学术保卫战打得很漂亮，直接引发了一些学者把水稻栽培技术的发明当作我国历史上的“第五大发明”，为我国争得了荣誉。在骆越文化研究的问题上，他以对历史负责，对国家民族根本利益负责的态度，用无数史实证明：骆越文化起源于中国，骆越文化的主体在中国，骆越文化的中心长期在中国。他的这一观点已经成为我国重要的文化战略，并且在现实保卫我国文化安全上发挥出越来越重要的作用。

中国的文学史由于多为汉族学者撰写，因此对于民族文学历史的记述往往忽略不提，使得整个中国的文学历史似乎成为汉族的文学史。对于中国文学史的这一重大缺陷，庭望先生认为不利于整个中华民族的团结，必须把这一个不完全的历史纠正过来。他不但在各种场合向有关部门鼓与呼，而且亲自动手，与其他学者合作编写了一本100万字的开创性专著——《中国少数民族文学史》，全面论述了少数民族文学在中国文学史上的重要地位。这部著作后来荣获国家级优秀科研成果二等奖。在如何看待我国的民族关系问题上，他提出了我国民族是“你中有我，我中有你”的关系，在他著名的论文《中国民族关系的四个纽带》中，他满怀深情地论证：各民族在漫长的历史进程中，始终被经济纽带、政治纽带、文化纽带、血缘纽带紧密地连结在一起，由于经济相依，政治相从，文化相融，血缘相通，形成了你中有我，我中有你的民族关系。在广袤的中华大地上，中华各族自古迄今相依为命，绵绵不绝，繁衍生息，脉络清晰，潜龙蓄志，迎来了今日的腾飞。庭望先生这个重要的思想已成为我国民族大团结理论的创新，得到学术界的肯定。一个学者最为宝贵的品格就是要站在国家民族利益的高度做学问，不能为学术而学术，不能因小利而忘记国家大局和民族大义。在这方面，庭望先生为我们做出了榜样。

梁庭望先生是壮族人民的儿子。他对自己的民族怀有深厚的感情，他总是怀着一颗赤诚的壮族心，他的文章是壮族心声的表达，充满了壮民族的特质基因。可以这么说，了解了梁庭望，就能了解壮族；只要读懂了梁庭望的文章，就能读懂壮族。庭望先生始终忘不了自己身上流动着壮民族的血液，因此为振兴壮文化，倾注心血，他一辈子都在不懈地挖掘壮族的民族文化遗产，都在不懈地宣传壮族人民对中华历史的重要贡献。翻阅庭望先生的皇皇千万言巨著，我们知道了壮族布洛陀经书的博大精深，知道了壮族稻作文化的多姿多彩，知道了壮族航船身影的雄奇悠远，知道了花山画卷的深沉灵秀……为了揭开古骆越那一段沉埋了的历史，他踏遍了八桂大地的山山水水，认证了龙母的身世、稻神的源流、古都的特征……由于庭望先生的努力，壮族的历史增添了文明的亮色，壮族的文化得到了正确的解读。他的《壮族文化概论》、《壮族风俗志》、《壮族文学概要》、《壮族原生型民间宗教调查研究》、《壮族文学概要》、《壮族文学艺术概论》等著作成为了壮族文化的很重要的论著，庭望先生是壮族高等文化教育的开拓者和重要的奠基人。庭望先生学术研究的最大成果就是为壮族学子重塑起了自己的民族之魂，走上了人生的自信自强之路。他十分注重为自己的民族"补钙"，非常重视为缺乏精神食粮的壮族群众"补粮"。对于民族文化教育，我们许多人有一个很大的认识误区，总认为大多数的壮族群众在文化教育上已迈入"小康"，因此在文化工作的政策取向上和文化精神产品的供应上都往往忽视了众多尚未跨过"温饱线"的壮族群众。庭望先生在深入壮族山村中调查时发现，许多留守的老年农民家里的电视机都积满了灰尘，问他们为什么不看电视，大家都反映电视节目里说的都是普通话，老人们听不懂，所以宁愿放一些壮族山歌光碟都不愿开电视机听那些"不懂话"。听到这样的反映，庭望先生心里很沉重，他深入调查研究，发现人数 1700 多万的壮族，直到如今，仍有近千万文盲，其中 750 万人是青壮年，他们处在乡村生产的第一线。汉文学不会，汉语半懂不懂。根据壮族农村的实际情况，庭望先生写了《壮族 74 村寨文化水平调查报告》，呼吁我们整个社会为这些"缺乏精神食粮"的壮族群众"补粮"。他和一批关心农村壮族文化教育的学者共同向国家领导人反映，建议设立专门的壮语频道和广播频道，经过努力，壮语广播频道终于得到了恢复。作为学者，庭望先生并不因为自己在文化的金字塔尖上而忘记了最底层群众的文化权利，他是一个真正的壮族文化的守望者。

作为大师级的学者，不仅要具有被称为"社会良心"的品格，而且要具有引领思想的才气，在这方面梁庭望先生的研究精神也是令人敬佩的。他是一个运用唯物辩证史观和实事求是思想研究民族文化的智者，善于在自然环境、社会生产方式、上层建筑与文化的相互关系中发现历史现象的本质和特征。他在我国民族文化研究领域的许多重大成果是开创性的，一些成果甚至改写了历史。在布洛陀文化研究中，他抓住了原始社会生产力发展对宗教文化的影响这一主线，指出布洛陀文化的最大特点就是创新，生产力的发展增强了壮族先民改造自然的能力，于是自然神让位于社会神。他的这一观点得到专家们的赞赏，成为布洛陀研究的主流观点。在壮族社会历史发展的阶段研究中，他根据壮族古代社会的特点，论证了壮族社会曾存在过奴隶制，不过不是西方的那种奴隶制，而是家族奴隶制。在《论壮族奴隶制》一文中，他认为："壮族是有奴隶制的，即通常所说的东方奴隶制或家庭奴隶制，与汉族、古希腊的奴隶制有差别。壮族社会阶级分化萌芽于殷商末西周初，民族公社大量瓦解则在春秋战国时代。"庭望先生关于壮族奴隶制特点的论证，结束了壮族历史研究中关于壮族是否有奴隶制的争论。为已经出版的《壮族通史》的构架起了重要的作用，改写了壮族的历史。

中国少数民族文学的研究是一个新的课题，在庭望等一批民族学者的积极推动下开启了中央民族大学中国少数民族文学的综合研究，对 55 个少数民族文学的定义、范围、特征、在中华文学中的地位、民族文学的研究方法进行探讨和归纳，全方位地探索了少数民族文学从神话时代到当代的各种体裁的演化规律，从社会发展史和中央王朝更替对少数民族文学的影响两条线对少数民族文学的历史进行剖析，基本建构了少数民族文学研究理论与方法的整体理论框架。庭望先生最有创见的理论是“中华文化的四大板块学说”。多年来，对于中华文化的宏观结构，学者多从文物的分布来划分，有三分法、五分法、六分法、八分法等论说。庭望先生认为以考古为依据，只能作为部分区域的依据，不能作为整个中华文化划分的依据，因为地下文物的分布是不均衡的，在我国，新旧石器时代的文物分布就很不均衡，中原旱地农业文化圈文物密集，江南稻作文化圈次之，而北方森林草原狩猎游牧文化圈类似文物相对稀少，有的甚至至今没有发现。西南高原农牧文化圈文物也相对稀少。如果纯粹以文物为依据，有些少数民族就被排除在外了。他依据自然生态环境、经济生活、民族分布和民族文化将中华文化分为中原旱地农业文化圈、北方森林草原狩猎游牧文化圈、西南高原农牧文化圈和江南稻作文化圈。这一新理论在学界产生了很大的影响，被《瞭望》杂志誉为近年中国文化研究的三大亮点之一。庭望先生的许多研究成果多数都像中华文化四大板块学说一样，闪耀着一代文化大师的思辨光辉，给我们以新的启迪和力量。

持之以恒的创造和勇气是倍受人们尊敬的导师，对那些最终要以自己的人格学识来影响人类文化的人物来说，品质比才思更重要,个性比情智更关键,因为在终极意义上,它将决定着他们人格的走向,同时也决定着他们创造性劳动的最终价值。庭望先生以自己不懈的追求、勇敢的探索、潜心的研究和高尚的人格魅力,在民族学领域取得了丰硕的成果,得到学术界的赞许,人们的崇敬和社会的承认。他是广西的一代文化大师,是广西人的骄傲,是当之无愧的壮族骄子。

仫佬王酒的传说

相传在很久很久以前，仫佬山乡流行瘴气，使得很多人百病缠身，危及生命，一种深深的恐惧弥漫在仫佬山乡。有人搬进更深的山里躲避，有人流落他乡，一时间，田园荒芜，许多寨子都空了，看到这番萧瑟景象，仫佬王心急如焚，召集各寨寨佬商量对策，但都苦无良策，大家长吁短叹。

后来有个依饭节法师告诉仫佬王，白马娘娘是仫佬山乡的守护神，是救苦救难的大菩萨，去求教白马娘娘准有良方。仫佬王听了恍然大悟，于是到白马庙焚香拜祭，乞请神示解救仫佬人于水火的良法，十分虔敬，叩头声震动了凤凰山。到了晚上，白马娘娘果真来了仫佬王梦中，她告诉仫佬王，用龙岸的米、宝坛的水，熬一锅粥分给大家吃便可以治好这个病，长期喝可以防止瘴气的再次袭击。仫佬王依计而行，在寨子前的榕树下架起一口大锅，烧了七七四十九根香，之后，粥香便飘满了寨子，人们觅香而来，连那些老人、身体虚弱的人，也拄着拐杖来了。粥熬好后，仫佬王召集各寨德高望重的寨佬，让他们把粥分到各家各户，每人一小碗。奇迹出现了，寨子的人喝了三口下肚，连卧床的病人也可以轻轻松松下地了。之后十里八寨都效仿仫佬王熬这种粥，从此仫佬山乡重现生机，鸡鸣狗吠，炊烟袅袅。

年复一年，用粥来消瘴气、解困乏、解痧气成了仫佬族的祖传秘方。有时喝不完的粥，用煤砂罐装好，藏到地下，过几天拿出来吃效果更好。有一天，一个外来的客商到仫佬山乡收山货，因天气太热，路途劳累，昏倒在山路上，被上山的仫佬人发现了，把他背到仫佬王的家中，仫佬王叫人用清清的山泉水给他洗脸，从地底拿出收藏了几天的粥，喂他喝，客商慢慢苏醒过来，不一会儿，整个人精神多了，再喝几口，他便“呼”地站起来了，朝仫佬王行隆重的拜谢礼，感谢他的救命之恩。他对仫佬族的这一“神药”赞叹不已，反复追问药方。仫佬王笑着对他说，哪里是什么药，是我们仫佬族留馊的粥。客商一下子就对这个神奇粥产生浓厚的兴趣。苦苦思考，猛然一想这米这水熬粥埋藏吃了对身体有好处，如果用这好米好水熬成酒，再收藏到地下人喝了不更好吗？于是他就试着熬这种酒，他找来龙岸的米，宝坛的水，还叫银巴洛带他到德音洞采集名贵草药制成酒曲，用他掌握的方法，在仫佬山乡开始熬酒。当蒸锅滤出第一滴晶亮的酒时，芳香四溢，所有在场的仫佬人都陶醉了，大口大口地吸气，仿佛空气里就潜藏有无穷无尽的酒。寨子里的人喝了这种酒都精神起来，人们手舞足蹈，围着熬酒的屋子跳起舞来，还通宵达旦唱起山歌，庆祝仫佬神酒的诞生。

饮水不忘挖井人。为了报答仫佬王的恩情，客商把这酒命为“仫佬王酒”，仫佬王酒就这样诞生了。成为仫佬山乡的珍藏佳酿，香飘四方的神奇美酒！

广西文化经济学研究的新成果

——读覃振锋《广西文化产业发展论》

把大力发展文化产业作为加快转变经济发展方式的重要途径和突破口，尽快使文化产业成为国民经济新的增长点和支柱产业，是当前各级领导十分关注、关心和关切的战略问题，亦是文化改革发展的重要任务。正如胡锦涛同志在庆祝中国共产党成立 90 周年大会上的重要讲话中发出的号召，要“以更大力度推进文化改革发展，在中国特色社会主义伟大实践中进行文化创造，让人民共享文化发展成果”。

广西文化产业自本世纪初起步，经过 10 年的发展，取得较大的成绩，以广西出版传媒集团、广西日报传媒集团、广西新华书店集团、广西师范大学出版社集团、广西电视台、广西广电网络有限公司、广西电影制片厂、广西演出公司等文化企业和《印象·刘三姐》、南宁国际民歌艺术节等为代表的文化产业项目创造了巨大的经济效益和社会效益，在国内文化产业界产生了较大的影响，也积累了相当丰富的发展经验。在国际金融危机远没有结束和国民经济结构深度调整的形势下，广西社会科学院文史所副所长覃振锋研究员以高度的政治责任感和推进广西文化产业发展的紧迫感，对广西文化产业发展现状和前景进行了全方面、多层次的深入研究，撰写了研究专著《广西文化产业发展论》，并由广西人民出版社于 2010 年 10 月正式出版。该著系统阐明当今时代大力发展文化产业的战略价值，总结十年来广西文化产业的发展历程和经验教训，深刻分析广西文化产业的机遇条件，分析广西文化产业的现状和瓶颈，系统研究广西发展文化产业的技术战略路线，提出实现“千亿元文化产业”的龙头产业、主导和潜导产业的发展路径以及构建“千亿元文化产业”支撑体系和系统匹配，是有着较大的理论价值和实践应用价值的。该著提出的发展对策意见，为自治区党委、政府进一步推进“千亿元文化产业”战略，推进“十二五”时期广西文化产业的快速发展，提供了较好的决策参考文本。该著是第一部对广西文化产业发展全貌作系统论述的研究专著，也是经世致用、重视践履、大胆探研、继旧图新、务实求效的核心价值在文化经济学领域的创新成果。

该著的创新之处，一是首次系统化地建构一个省级区域的文化产业体系，将一个欠发达地区的文化产业的现实状况以及未来发展趋势做了详尽和相当科学的总结、分析、论证，为我国的文化产业研究提供了一个实证性很强的文化样本；二是把广西正在实施的“千亿元文化产业”战略置于与技术经济路线相结合的层面上，展开可行性和可操作性的科学发展研究，提出了由需求结构倒推供给结构、由目标市场消费类型倒推产业结构、由结果倒推过程的技术路径，为解决当下发展中的关键技术瓶颈等难点设计了方案；三是提出建立广西文化产业可持续发展长效机制的思路和具体办法，成为可供党委政府参考的较好的决策意见。其研究方法和所得结论具有新思路、新要素和新结论的特点。

该著基础工作较为扎实，占有资料充分，数据翔实，理论前瞻。该著紧扣北部湾经济区开放开发这一时代发展、区域发展的强劲引擎，结构上从理论到实践、从国际到国内、从外省到本区域、从数据分析案例到图表分析，形成了从新形势、新态势、新思维、新视角、新路径、新载体、新举措对广西发展“千亿元文化产业”战略目标作系统阐述的格局，构成完整的体系和严密的结构，是一项针对性、可操作性较强的文化产业研究新硕果。

广西在加快文化产业发展、提高文化软实力上取得了一些新的突破，经过几年的努力，将会逐步形成合理的文化产业结构。由于广西的文化产业起步晚、基础差、资本积累少，要赶上先进的省市，还要作更大的努力和不懈的奋斗。《广西文化产业发展论》为我们作了理论的指导，只要我们坚定贯彻党中央的路线、方针、政策，大胆实践，敢于创新，一定能开创广西文化产业发展的新局面。

第四辑 离殇一曲

忆往事 悼逝者

——深情怀念陈贞娴同志

陈贞娴同志是广西妇女干部的优秀代表，是我十分尊敬的老大姐，革命老前辈！

我是上世纪八十年代初才认识陈贞娴同志的，当时我在自治区覃应机主席身边工作，她在自治区党史办任副主任，因为应机主席很关心和重视党史工作，经常把区党史办的同志叫到他办公室了解和商量党史的工作。每次到应机主席办公室，贞娴同志都来得比较早，因此我有机会和贞娴同志单独交谈。她为人很谦逊和蔼，待人诚恳，作风严谨，平易近人，和她交谈无拘无束，我常叫她陈大姐。

贞娴同志是一个女秀才。她善于思考，勤于笔耕，每次讨论党史问题，她的发言远见卓识，条理清晰，切中要害。当时我在一边作记录，她的发言，我都认真记录，每到精彩之处，还用红笔打红杠杠。她常在党史杂志和其他一些报纸杂志上发表文章，她的文章读起来有一种清新的气象和亲切的感觉，文笔流畅，语言质朴，言简意赅，思想敏锐，知识渊博。每篇文章都给我留下了深刻的印象。

在平时的交往和同党史办同志的交谈中，我略知贞娴同志传奇式的身世和经历。她是广西最早一批投奔革命的女学生之一。她早在1936年就读广西大学文法学院附中时，就接触了广西地下党，接受了马克思列宁主义理论，后来加入了"抗日反法西斯同盟"，1938年12月毅然参加学生军，任第一团班长。在以后漫长的革命生涯中，她当过教师，但最多时间是从事妇女工作，担负桂林妇女抗战后援会的组织、发动工作，后任香港九龙妇女联谊会常委、宣传部长，中共华南分局青年妇女工作团团员，广州市妇女工作委员会宣传部长，代表广西出席亚洲妇女代表大会。1950年参加筹建广西省妇联，任筹备处主任，是广西妇联的创始人之一。她在《中国妇女史探》前言中这样写道："在青少时代，我目睹了社会上歧视、虐待妇女甚至被打致死的惨状，深深地触动了我的心灵。"于是她开始立志研究中国妇女的问题。几十年来，为妇女事业的发展作出了重大的贡献！

贞娴同志对我们晚辈十分关心，她常对我问寒问暖，关心我的生活和工作。当年我时不时在报上发表一些文章。每次见面，她都说："潘琦同志，你的文章我看了，写得不错！"接着她会提出自己对文章内容、观点的一些看法。她的话很亲切，又很直白，这对我的创作有很大的帮助。有一次，我写了篇回忆覃应机老主席的纪念文章，在《党纪》上发表，她看了文章之后，便打电话给我，说文章写得很有感情，很感人，可惜应机同志很多生动的东西没有写进去，文章显得单薄了些，希望我多看些资料，多与老同志交谈，一定会写得更好！后来我收集了应机同志的一些资料，又从几位老同志那里了解到应机的个性和做人原则，又写了一篇，在南国早报上发表，她看后大加赞扬！

更令我感动的是上世纪八十年代的一件事。上世纪八十年代中期，我在应机同志身边工作了五个年头，做领导秘书工作，有一个不成文的规矩，一般工作几年之后，便要换个工作岗位，当时应机主席一直没有让我调换工作的意思。一天贞娴同志问应机主席："应机同志，我们想把潘琦同志调到自治区党史办，你看行不行？"应机主席说："你们要打我的主意呀！那你得给我找个能顶替小潘的人！""那好办！"贞娴同志笑着说。

得到应机同志默认之后，贞娴同志便亲自带队去考核我。她到河池、罗城和我的母校进行认真的考核。1984 年初，经自治区党史办党组研究，决定向区党委提名我任区党史办副主任，方案先报到应机同志那里。第二天，应机同志把我叫到办公室，开门见山地对我说："区党史办要你去当副主任，你想去吗？"我不假思索便说："我听主席的，叫我去就去，叫我不去就不去！"应机同志抽了口烟说："我看你不要急着去要那个副厅级，还是先到区党委统战部当处长吧！""到统战部也行！听从组织安排!”我很乐意地回答。就这样，我到了统战部一处当了处长。后来，贞娴同志谈起这件事就说:“潘琦同志呀! 你本该是党史办的人，被应机同志一句话全变了!”尽管我没有去得成区党史办，但我非常感激贞娴同志，因为后来组织上对我的提拔重用，她那次的考核材料起到很大的作用。从贞娴同志的身上，我深深感受到老前辈对年轻一代的关心、关怀和关爱!

贞娴同志离休之后，我们便很少见面了，只有在每年元旦、春节，在老同志的聚会上见到她，每次见到她，我都会和她交谈几句，祝福她健康长寿。她则会鼓励我好好工作，为广西的文化事业做些好事实事。那天，我去参加陈岸同志遗体告别仪式，见到贞娴同志。她和陈岸同志是一对革命征途上的结发夫妻，陈岸同志逝世对她打击很大，由于悲伤过度，她身体十分虚弱，我紧紧地握着她的手，安慰她节哀保重，她频频点头。后来不久，我在医科大附院干部门诊部的电梯里又见到贞娴同志，她坐在轮椅上去做重病检查，这竟是我们最后一次见面。今年元月中旬的一次会议上，她的女儿杨海燕告诉我，她母亲元月四日已走了。当时我不在南宁，来不及告诉我。听她一说，我心里十分悲痛，为自己没有为贞娴同志送上最后一程深感内疚。几天以后，海燕给我寄来了她母亲的生平材料和《中国妇女史探》、《征途漫漫》两本专著。我带着敬佩、怀念的深情认真拜读了《征途漫漫》，书中前几页放了贞娴同志不少老照片，这些珍贵的照片，记录了她的友情、亲情、爱情、乡情。照片中闪显着贞娴同志青年时期清秀、儒雅的身影，书中无不闪烁着她锐利敏捷的眼光以及深邃的思想，记录着她从一个青年女学生成长为一个坚强、勇敢、成熟、执着的革命干部的艰辛、曲折的历程。她成长的道路是曲折坎坷的，但她的人生是丰富的、闪光的。正如李殷丹同志为她提的词："漫漫征途见忠诚，可歌可赞革命情。"陈贞娴同志的一生，是革命的一生，战斗的一生，是全心全意为人民服务的一生。她为党和人民的事业鞠躬尽瘁，死而后已。为广西的经济发展和社会进步，为广西的妇女工作，倾注了满腔热情和全部心血。她的逝世使我们失去了一位好党员、好干部、好大姐。她的革命精神、崇高品德、优良作风、光辉业绩，将永远铭记在我们的心中。

贞娴同志安息吧！

燃烧的生命

——悼念文衍修同志

去年春节，我去看望久病的文衍修同志，当时他已双目失明，听说我要去看望他，坚持要站在家门口迎接我。我们见面时，他紧紧地握着我的手，带着颤抖的话音说："老领导啊！你还能想得起我，太感谢了！""我们是战友、老朋友，赴欧洲访问团的团友，怎么会想不起！今天我来给你全家拜年啊！"我笑着说。我扶着他坐到客厅的沙发上聊了起来。

见他精神状态很好，谈吐自如，我心里非常高兴。他告诉我，自从病退二线之后，便在家安心养病，但坚持创作一些诗、词，摸着练习书法。他说书法能养生、养性、支撑生命。因为眼睛看不见了，只能凭着感觉在纸上写，但写起来很辛苦。所作的诗词，也只能靠讲述由妻子小雷记下打印。小雷跟我说，衍修同志写词、书法，是在用精神和毅力与病魔抗争，即使是口述，也是要动脑筋花精力的，有时一天写三、四首。他常常是半夜醒来，想到好的诗句，便催着她起来，给他记录。有时到了废寝忘食，夜以继日的程度。他精力充沛，精神饱满，常人都很难做到。说着拿出一部分诗稿和书法作品，让我看看，诗写得的确不错，我鼓励他继续写下去。后来他果真写了几十首古体诗词和现代自由体诗，并准备结集出版。有一天晚上，他打电话给我，说要出版本诗集，叫我给写个序！我当即答应了，并很快把《序》写好送给他，他非常高兴，打电话一再表示感谢！

今年，7 月 20 日，我突然听到衍修同志去世的消息，顿时心情十分悲痛。衍修啊！你不应该走得那么快，你还有很多事情要做啊！自从他被确诊为白血病之后，心态依然很淡定，一边积极治疗，一边坚持工作。当时考虑到身体原因，叫他上半天班就可以了，但他有时仍坚持正常上班，直到他的双眼因排异反应已近乎失明，才退居二线。在病重期间，他依然十分关心着广播电影电视事业的发展。他以顽强的毅力坚持写作，练书法，做诗词，出版了《清墨飞扬——文衍修书法篆刻作品集》《花甲追梦——文衍修诗词选集》，他用生命余下的时间做了很多有益于广西文化事业发展的事情，充分体现了一名共产党员为党、为人民事业奋斗终生的高尚情操和革命精神！

衍修同志出生在桂北地区一个美丽而古雅的小山村，自幼勤奋好学，上初中时便喜欢书画和文学创作，高中毕业后考取中山大学中文系，大学毕业后曾当过几年老师，之后就一直从事广播电台工作，一干就是 30 多年。先在广西广播电台桂林记者站当记者，凭着他对文学和新闻的爱好，写了许多生动感人的新闻稿件和文艺作品，深得领导的赏识和群众好评。后提任广西广播电台新闻部主任、副台长，直到总编、台长。衍修同志把自己人生最美好的时光奉献给了人民的广播事业，为广西的广播电影视事业的建设和发展，倾注了满腔热情和生命心血。他是广播电影电视战线上一名优秀的新闻战士，一位好的管理者、组织者、领导者。

衍修同志为人朴实诚恳，有桂北人特有的文化素养，心地善良，待人宽厚，规行矩步，遇事不惊不躁。在主持广西广播电台十来年，工作勤勤恳恳，兢兢业业，有事善于和同志们商量。他性情温和，但有角有棱，能坚持原则，碰到不合理的事，有时也会激动起来。他性格直率，胸怀坦荡，在他平和的外表里，蕴藏着一颗火热的心。由于工作关系，我和衍修交往比较多，他常常对我以老大哥相待。90 年代末，我们一起到过他家乡——灌阳县文市镇岩口村，这里山清水秀，人杰地灵，村民们很热情，有他许多儿时的记忆，有很多美丽的景色，有很纯朴的民风。他热爱故乡的一草一木、一水一溪，这种感情都凝聚在他的诗文之中！

熟悉衍修同志的人，都知道他不但新闻稿写得好，而且散文、诗歌、绘画、刻写也很不错。他是个多面手，琴棋书画都很在行。在他的家里，堆放着各色各样的艺术品，有他自己创作的，也有自己收藏的。一看，便有种文化人的感觉。他为我刻过两方印章，很有大家刀法，我至今珍藏着。那年我们一起出访欧洲，所到之处，他都十分注意考察那里的文化，仔细观察，认真记录，用心学习，以致后来在他的诗词中，许多是记录和赞美异国文化的诗句。衍修同志是中文系“科班”毕业，他的文字非常规范，生动流畅，文章结构严谨，用词准确。他的文章和作品，构思新颖，文风别具一格。文如其人，在衍修同志的文章、作品里，我们看到了他对文化艺术的苦苦追求，看到了一个奋斗者的丰硕成果和他的精神世界。

文衍修同志匆匆走完了他奋斗的人生之旅，我们失去了一位优秀的新闻工作者，一位追梦的文学艺术爱好者。在人生的道路上，每个人的生活生命都会经历过不幸的痛苦。有的人在苦难中只想到自己，因此出现失望、消极、甚至发出绝望的哀号；有的人在苦难中，还想到别人，想到集体，想到事业，因此乐观，自信。衍修同志重病在身，双目失明，在最痛苦的时候，他从不悲观失望，自暴自弃，始终对生活生命抱着积极乐观的心态，对事业、对艺术不懈地追求，直到自己生命的尽头！

人生不是一支短短的蜡烛，而是一支由我们暂时拿着的火炬，我们一定要把它燃得十分光明灿烂！文衍修同志在艰苦的奋斗中，离我们而去了！在这 61 个春夏秋冬里，他的生命都在燃烧着，虽然不是什么熊熊的烈火，但总是发出闪亮的火花，这火花使我们感悟到人生的意义和生命的价值！生命之花的尊严，在于勇敢地绽放自己！文衍修同志的生命在闪亮中现出火花，在平凡中现出真实，在真实中体现价值！

衍修，安息吧！我们深沉地悼念你！

永远不会熄灭的情操

——悼念李新明同志

李新明同志辞世的消息，直到他遗体火化之后的第三天，我才从朋友那里得知。不知何故，之前没有任何人告诉我，以至未能见到他最后一面，深感遗憾。因此，我赶写这篇文章，表达对老战友的沉痛的哀思和悼念。

我和新明同志是同龄人，所有经历大致相同。大学毕业之后都是在基层工作，从一般干事做起，一步步走上领导岗位。上世纪90年代初，他任玉林地委书记，我任南宁地委书记，之前并不相识。我们第一次认识是自治区在玉林地区召开全区乡镇企业工作现场会议，在参观乡镇企业时，我主动和他打招呼，自报家门，并询问了发展乡镇企业中所遇到的一些问题，他都热心地一一给我解答。末了，他拍着我的肩膀说："其实玉林的乡镇企业发展也有很多问题，只是现场会不好说，大家看到的都是好的，表面的，我们有自己的难处啊！"听了他的话，我第一反应，感到这位同志还比较实在，头脑清醒，敢讲实话，从心底佩服他！之后，我们经常在参加自治区的各种会议上见面，交谈，话很投机，对一些问题的看法都很相同。他的每次发言都很实在，言中有物，切中要害，我常向他请教！从此，我们成了好朋友、好战友！

新明同志为人谦虚谨慎，真诚待人。改革开放之初，玉林地区可谓广西改革放开的先锋，前沿地区，名气很大。全区各地都纷纷到那里参观、学习、取经。那年，我带领南宁地区各县(市)党政一把手到玉林参观学习，当时区内外有好几个参观团同时在玉林，他们应接不暇。但是我们代表团到达时，新明同志和地委的几位领导同志早已在住地等候，之后还和我们座谈，亲自介绍情况，陪同我们参观考察。他说，现在玉林盛名之下其实难副啊！你们来是互相学习，不要以为我们什么都好！话语十分谦逊亲切，给我们一种宽厚真实的感觉，也体现他对朋友、战友之真情。还有一件我印象十分深刻的事。大概是1994年吧，他到中央党校学习，有一次到澡堂冲凉，不小心滑倒把脚扭伤了。后来发现，澡堂铺的都是滑溜溜的地板瓷砖，他立即打电话回玉林，叫石料厂给中央党校澡堂全部铺上石板，保证学员们的安全。此事当时被党校学员传为美谈。这虽然是件小事，但可以看出新明同志的品格。

不幸的是，他后来患了尿毒症，病情十分严重，经过多方医治，换了肾，休养了一段时间之后，身体基本恢复后，他要求继续工作。在安排工作时，我向区党委建议，让他到区党委宣传部当常务副部长，管管家，工作压力不很大，这样有利于他养身和治病。区党委同意了。就这样，我们便在一个单位工作。考虑他的身体状况，让他分管办公室和机关党委工作。新明同志不愧是老共产党员，工作勤勤恳恳，任劳任怨，坚持党性，坚持原则，作风民主，顾全大局，维护团结。不管分派什么工作，他都二话没说尽力干好。当时，部里筹建干部职工宿舍楼和培训大楼，因为是办公室的工作，他亲自东奔西跑，上下联系，办理各种手续，还经常到工地检查。我劝他多让其他同志做。他说，我情况熟，关系多，亲自跑会快些。在他和办公室同志的共同努力下，两项工程都如期开工，宿舍楼很快建成，为部里的干部职工解决了住房问题。

由于他对工作认真负责，公道正派，那年地市班子换届，区党委组织部抽调他参加干部考核。但在到河池考核评干部时，因劳累过度，得了脑血栓，经抢救，虽脱离生命危险，但不能再坚持正常工作了，便在家养病，直到退休。他在家养病期间，我去看望他几次，他的心态十分平和，对健康充满信心，他自己研究中药，自我治疗。同时十分关心党和国家的大事，关心广西改革开放和现代化建设，关心广西的文化宣传事业。在交谈中，对精神文明建设给我提了不少意见和建议，在他身上看到了一个共产党员的高尚道德与革命情操。

新明同志为人正直，作风正派，生活俭朴，廉洁奉公。那年，在干部中开展“讲政治，讲学习，讲团结”的教育活动，新明同志一方面积极组织机关党员干部开展“三讲”教育，一方面认真检讨自己的党性建设问题。他的党性分析材料写得很认真，很具体，很真诚。他说了这样一件事，使我受感动。他任玉林地委书记时，党风和社会风气问题比较严重，行贿受贿的违纪事件不断发生。当时如果稍不警惕，放松自己，就会上当。有一天晚上，一个很熟的老板到他家拜访，带了一个纸箱，说是刚摘下的新鲜龙眼，让他尝尝。那老板走后，他觉得不对劲，打开纸箱，翻了一看，上面是一层龙眼，下面全是钱，估计有十多万元。他马上打电话给那位老板，叫他立即把钱拿回去，否则就交给纪检部门。那老板再三说明，这是朋友之间表示点小意思，没有求他办什么事。新明同志严厉地指出，朋友之间，更不能这样做，这是严重违法、违纪的，害人害己，败坏党风和社会风气！那老板只好连夜就把钱取回去。这事传了出去，后来便没有人敢给他送钱了。新明同志以自己坚强的党性原则，保持了一个共产党员廉洁自律的品格，实现了自己的人生价值，永远值得我们学习。

一个人的生命是有限的，短暂的，衰老病死是不可逃避的。如果我们把短暂的生命使用得更有效，把生命溶进人民的事业中去，那么他的事业，即人民的事业是不会死的。新明同志一生坦荡，光明磊落，忠诚于人民，忠诚于党，充分体现了一名老共产党员为党的事业奋斗终生的高尚品德和革命情操，令我们无限怀念和尊敬。他虽然永远离开了我们，但他作为一位共产党员，他的精神，他的品格，他的情操，将永远不会熄灭！

第五辑　乐做嫁衣

《都市文学三部曲》序

这本书是广西文学创作史上第一本专门写市井生活的小说集。同类性质的书，在中国为数不多，所以此编之作，实在是有“开荒”的性质，也填补了近年小说创作的“空白”。难能可贵！值得赞扬和推荐。

作者柯天国，是一位上个世纪70年代以来活跃在广西乃至中国文坛的工人作家，现任柳州市文联主席。天国同志是本乡本土的柳州人，自幼就在柳州市的大街小巷中生活玩耍，他熟悉这里的一草一木、一砖一瓦，熟悉这里人们的物质生活和情感生活。他凭借着自己的文学天赋和丰厚的生活底蕴，上个世纪60年代就开始在广西和全国报刊杂志上发表作品，特别是80年代他深入社会底层体验生活，写了不少的中短篇小说。在这个基础上，他花了五年时间一口气创作了都市文学三部曲——《风流巷》、《烟花楼》、《少妇梦》，生动、形象地描写某城市小巷里的人情世故、情感纠葛、邻里关系，演绎着改革开放后小市民的精神和物质追求，以及普通市民的生活与命运，表现出作者平民立场，对社会底层小人物的理解、同情与关爱。出版发行后，在社会产生了极大的反响。《风流巷》1992 年获第二届广西文艺创作“铜鼓奖”。柯天国一举成名，被人们誉为“平民作家”、“市井小说家”。

这本集子共收入了天国同志短、中、长共 30 多篇小说，50 多万字。这些作品都曾发表或出版，现在结集出版，应当算是他文学创作的“里程牌”。细读这些作品，最大特点便是通俗，就是形式上通俗，但不鄙俗，内容上真实贴近生活，语言上有浓厚的地域特点，读起来能使读者感到亲切。每篇文章都是作者生活体验的结晶，语言、情境浸透着作者的真诚。有的小说只是“生活的横断面”，然而从一事一物的故事性或典型性，却反映出深刻的思想性，耐人咀嚼、深思！即使写的都是小市民的灰色生活，他也有暴露与批判的意思，他就是告诉读者，有的人曾有过灰色的人生，因此要倍加珍惜今天灿烂蓬勃的新生活。整个作品主题昂扬向上，基调鲜明，读了受益匪浅！

俗话说，文如其人。我和天国同志相识 30 多年，是老朋友，老文友！他在我心目中是一个开朗、豁达、真诚、友善、爱打抱不平的文化人，人称“柯大侠”，有很多传奇的故事。别看他白面书生，曾只身赤手空拳捉拿持刀杀人的嫌疑犯，成为柳州市见义勇为的新闻人物；他曾勇斗柳州的“假书记”成为优秀的共产党员。他的人缘很好，朋友很多，有文艺界的，有企业家和社会名流，也有各级领导干部。他乐于助人，待人热情、实在，朋友们不管公事私事都喜欢找他帮忙，他从不推拖，尽力解决。区内外文艺界的朋友到柳州，只要他知道了，都以上宾接待。平日他喜欢和文友们在一起交谈，探讨文学艺术，朋友之间常有直率批评和促膝谈心。正是在这种交往中，树立了他在广西文艺界良好的形象，高票当选为广西壮族自治区第七届文联副主席，连续三届担任柳州文联主席。

天国同志没有上过正规大学，中学毕业就到工厂做工了，他经常说自己是工人出身。五十多年来，他一直在实践中勤奋学习，刻苦钻研，笔耕不辍。年轻时，他与文艺界的人士有广泛的接触，读了许多文艺作品，很多成功作家的经历给天国同志带来巨大力量。当他十六岁在报上发表第一篇作品时，高兴得一夜睡不着觉，从那时起他便踏上漫长的文学之旅，从此文学改变了他的人生，他是同自己的作品一同成长的。天国同志从一个普通的工人成长为中国作家协会会员、一级作家，艰辛的文学之旅为他积蓄了人生灵魂之蜜！

冷静地谛视人生，客观地、写实地描写着最底层市民的人生，敢于把艺术的触角伸进街巷的角落和受人冷落的人群，只有柯天国这样的作家才会有这样的勇气、胆识、爱心。一个作家是否可贵及需要，唯一的衡量是他有没有向人们表露他的灵魂的内在激动和真实的情感。纵观天国同志的作品，不在辞句之工，而在性情思想之正，有一种独特的风格。他的作品通俗中有高雅，平淡中有深刻，幽默中有思想，灰色中有阳光。作家的风格亦是他内心生活的准确标志，所以一个人写出来的东西，他首先心里明白，这样的作品反映出来的是不是自己的品格和人格！爱因斯坦说，一个人对社会的价值首先取决于他的感情、思想和行动对增进人类利益有多大作用。从这个意义说，天国同志几十年所创作出来的作品，是广西文坛的宝贵财富，是文学桂军实力的重要表现。他的著作对社会有极其重要的价值！很值得我们认真读一读！

《良庆:民俗与文化》序

在人类社会的漫长历史中,民俗是一个地方文化的重要表现形式,它广泛记录和传承着远古以来生息繁衍的自然环境,历史变迁,不同的民族、地域的习俗、伦理道德和宗教信仰,表现了人们的悲苦和欢乐,理想和愿望。民俗文化是一种珍贵的非物质文化遗产,应当认真研究,去陋取精,认真保护,充分利用,以大力推进地域文化的发展。

南宁市是一座具有 1680 多年历史的城市,所辖的良庆区是个以壮族为主体的多民族居住的城区,是一片历史悠久而富有神奇色彩的土地。在长期的生产、生活、生存实践中,人们创造了日益雄厚的物质财富,同时也创造了丰富多彩的精神财富。这里的民间文学丰富,民俗文化质朴。自古以来就有独特的节庆、婚庆的习俗,当地人的住宅、饮食和服饰也别具特色。有些农历节气,虽在时间上与其他地方相同,但过法上却有很大差别。良庆的民间传说、民间故事、民间歌谣、民间谚语、民间楹联等极其丰富，构成了良庆独具特色的民间、民俗文化。

进入21世纪以来，良庆历届领导班子积极响应党中央关于实现中华民族文化大发展、大繁荣，保护非物质文化资源的号召，十分重视地域文化的研究，保护、开发和利用，积极组织力量对良庆的民间文学，民俗文化进行搜集、整理和研究。吴晓同志先后在良庆区政府和政协工作，她对民间文学、民俗文化情有独钟，从2005年开始，便着力搜集、整理良庆民俗和民间文学，她克服重重困难，走遍山山水水，进行田野调查，翻阅许多文字资料，广征博收，严谨甄别。在掌握大量资料的基础上，编辑出版了《良庆：民俗与文化》一书。这是一件实事，好事，是民族文化发展的有益成果，可喜可贺。

《良庆：民俗与文化》内容丰富，资料翔实，结构合理，编排科学，语言朴实，文图并茂，装帧精美。阅读书中的各篇作品，会使我们有如走进一个似曾相识、奇异多姿的天地，同时也会受到那朴质民风、浓郁民俗、动听民歌和民间艺术的感染，感觉享受了一次民族文化、民俗文化大餐，美不胜收。这是一本研究民俗文化、民间文学的参考书，一本南宁市文化旅游的导游图，一本进行地域文化教育的教科书，值得阅读与收藏。

文化是维持社会稳定的重要基础，原生态文化是一个民族的根基及精神生命之源。一个民族是从她的神话、传说开始的，她像土壤一样培育一个民族的精神。民俗文化与民间文学，作为民族文化中的奇葩，有着独特的芬芳，孕育着丰富、充沛的文化硕果。愿《良庆:民俗与文化》这朵花能在八桂文艺百花园中绽放异彩,散发芳香,为广西民族文化的大繁荣、大发展发挥积极的作用。

《夕阳织锦》序

重阳节，二姐从老远的苗乡融水托人把她10多年来写的诗文稿送给我，叫我看一看，如果可能，为她出本集子，作为她这辈子追求文学创作的纪念。我认真地翻阅书稿，写得还很不错，便答应她找个出版社编印出集子，她为集子取名《夕阳织锦》。

我们兄弟姐妹7人，三男四女，除大姐和一个妹妹没有上学，其他几位都至少上过高中，二姐是四个姐妹中读书最多的。她读书很用功，人也很聪明，年年评上“三好”学生，每次班级考试各门功课成绩都在前三名。我和二姐曾在一个小学读书，我们都勤奋好学，成绩挺好的。但二姐的成绩比我好，常辅导我做作业。父母为有我们感到骄傲和自豪。二姐初中毕业时，本可以考上高中的，却去考了师范学校。当时许多老师都劝她还是考高中吧！可父亲说，读师范学校不用交学费，还有伙食补助，毕业后又可以马上当教师，减少家里负担，还是读师范好。

那时家里经济很困难，全家七、八口人，全靠父亲母亲劳动挣工分吃饭。二姐听了父亲的话，考上了桂林民族师范学校。从这个时候起便开始了她教师的生涯，一干就是37年。

二姐当了几十年的教师，一直是教语文，她后来参加高等教育自学考试，汉语言文学专科。对文学情有独钟。其实二姐的文笔挺好的，不论在学校读书还是后来当教师，她都喜欢写些文艺作品，可惜总是没有胆量向报刊投稿，作品很少发表，她的文学才华因此被埋没了。后来因为教学任务重，家庭负担重，没时间，便写得少了。1996年退休以后，她重新捡回自己的爱好，又开始文学创作，而且一写不可收笔。

我常常对朋友说，我们兄弟姐妹的文艺基因是母亲给的。母亲的山歌写得很好，方圆十里八寨小有名气。二姐从小也喜欢编些山歌，她后来的创作，多以诗歌、民歌、散文为主。她的诗歌很多是触景生情、有感而发，以及对人生的感悟、感慨、感怀而发自肺腑之音。二姐的人生有顺境也有逆境，有坦途也有坎坷。她性格开朗，喜欢活动，善交朋友。因此她的诗作内容丰富，情感真挚，形式活泼，语言质朴，韵律优美，给人一种欢悦、阳光、传统的感觉。这本集子精选了上百首诗歌和几十篇随笔散文，真实地反映出她几十年来的亲情、友情、乡情与爱情，也体现出她对文学的孜孜以求，笔耕不辍的精神，以及其中的含辛茹苦和无比的快乐。

二姐作品能与读者见面是她一辈子的心愿。这些作品与专业作家相比，也许不怎么样，但也无妨。这是一个文学爱好者在平静的生活中埋下日后开花结果的种子，难能可贵。我为二姐的《夕阳织锦》出版写上这些话语，以表一种深深的亲情与文情，愿她在夕阳下，继续织出更多更美的诗文之锦！

《仫佬族文物志》序

文物是人类创造文明过程留下的瑰宝，是珍贵的文化遗产，镌刻着一个民族文化生命的密码，蕴涵着最原始、最明确的民族和地域文化的符号，记载和传承着一个民族久远的历史进程和情感历程。在当下复杂的社会与人文环境中，文物的保护与利用，需要一种系统性、生态性、科学性的思维与行动。在这方面，很多专家、学者及文物单位做了许多卓有成效的努力，使大量的文物得以完好系统地保存。

仫佬族是祖国南方的一个少数民族，聚居在桂西北的罗城县境内。罗城属古百越地，公元前 214 年秦始皇平定岭南后属桂林郡，为琳州峒地，汉至南朝齐皆为潭中县地(县治在今柳州市内)，悠久的历史遗存了丰富的文物，罗城可移动文物从新石器时代古人类使用石器到近现代的革命文物、遗物，跨越时长近万年，文物数量达 2000 多件，其大致可分为三大类，即历史文物、民族民俗文物、革命文物。长期以来，罗城仫佬族博物馆对这些文物做了大量的搜集、保护和抢救工作。

仫佬山乡历史文物类别不是很丰富。其中有国家一级文物明洪武“庆远卫军民指挥使司中千户所百户所”铜印以及一批待鉴定级的珍贵历史文物，如汉代黄釉罐、唐代堆贴塑群佛魂坛、宋代仿钧釉铭“官”字款盘、南宋堆塑人物动物谷仓罐、明代铭款陶瓷印模及南明“监军太仆寺卿关防”铜官印等。值得一提的是，文物中有十多块清代仫佬人在参加科举考试取得的“进士”、“选魁”、“文魁”功名木匾。这些功名匾，是仫佬族历史文化成就的光辉篇章。

仫佬族民族民俗文物较系统，种类较齐全，文物数量近 800 件，国家文物局局长单霈翔中肯地说：罗城仫佬族博物馆的少数民族文物，名列全国少数民族县级博物馆的前茅。2006 年仫佬族依饭节被列为国家级首批非物质文化遗产，因而依饭节文物尤为珍罕，而仫佬族博物馆馆藏清代依饭节文物 80 多件，有木神像面具、神挂画像、法锣、锡角号、阴阳挂等。还有清代花轿、官轿，清代兰靛龙凤鲤图扎柒、鹿凤梅图刺绣背带等等精品，最具民族特点的是两副儿童铭“三元及第”银花插，它反映了仫佬族人重视传统教育，崇尚读书和对儿童寄以美好前程厚望的民族文化。

罗城是一方红色的热土，罗城人民有着坚忍不拔的革命精神，在反抗外国侵略者的战争和长期的革命斗争中，涌现了李德山、韦一平、潘宜等无数革命烈士，他们洒热血，抛头颅，为后人留下了可歌可泣的英勇事迹，也留下了一些珍贵的革命文物、遗物，如中国工农红军第七方面军四把佛子坳战斗留下的大刀、长矛、马灯、铜军炊锅；著名的辛亥革命黄花岗七十二烈士李德山的“黄花馀绪”木匾、铜鞭、鸳鸯刀；抗日战争时期在苏北一带有较大影响的师级将领韦一平烈士学生及青年时的木书箱、锄头；还有在对越自卫反击战中潘宜烈士的镀金英烈纪念奖章等等，这些烈士的遗物深深地感染、激励了人们，特别是青少年一代继承革命优良传统，励志报效祖国的革命斗志。

为了系统地、完整地、科学地保护和利用仫佬族文物，罗城仫佬族博物馆组织力量，广泛征集，精心编纂《仫佬族文物志》。经过四年多的艰辛编纂，今年终于拿出了样书，并即将出版。全体编委和工作人员克服了重重困难，付出了辛勤的劳动和汗水，为仫佬族文化发展做了一件功在当代，利在千秋的好事，难能可贵。罗城仫佬族自治区县四家领导班子对这项工作给予了高度重视，不仅在人力、物力、财力上给予大力支持，而且亲临指导，审阅文稿。自治区民委领导也给予亲切关怀和关照。南丹县委、县人民政府亦给予资助。罗城个人收藏朋友积极参与，热情相助。可以说《仫佬族文物志》得以顺利出版，是领导关心、支持，各有关单位和社会各方面人士共同努力，通力协作的结果，可贺可喜！

愿《仫佬族文物志》能使广大读者对仫佬山乡悠久的历史文化和美丽神奇的山水有一定的了解和认识。

二〇一一年五月于南宁

《广西彩调新十年》序

广西戏剧家协会编辑出版《广西彩调新十年》，问我对该书出版的意见，于是我把全书的内容通读了一遍，由于我对彩调艺术不是很懂，也提不出什么修改的意见，况且很多剧目都在全国、全区戏剧展演得到评委和观众的好评，有的获了大奖，这应该是肯定的！

关于广西彩调艺术，我是一直钟爱和推崇的。记得很小时候看到村里剧团演的《王三打鸟》，王三的很多唱词至今不忘！我常对搞彩调的艺术家们说："北有二人转，南有彩调戏。"其实这两种舞台艺术有很多共同点，是大众化、通俗化、本土化的剧种。同时都很诙谐、幽默、滑稽、风趣，深受群众欢迎。可是二人转风靡全国，彩调却走不出邕江，值得我们深思！为了扩大彩调的影响，推进彩调的发展，2003 年，在区党委宣传部和自治区文化厅的大力支持下，区剧协成功地在宜州市举办了首届广西彩调艺术节，全区近二十台彩调剧分别登台展演，几万观众欣赏到了久违的彩调戏，奔走相告，盛况空前！首届彩调艺术节成为重振广西彩调艺术的一个强烈信号和总动员！

首届彩调艺术节之后，广西剧协在组织创作其他剧种作品的同时，重点组织力量打造彩调剧品牌。在后来的近十年内，创作了《哎呀，我的小冤家》等十几个大、小彩调剧目，在全区各地演出，都深受观众欢迎，产生了良好的社会效益和经济效益。2007 年，我到自治区文联工作。2009 年春节团拜会上我和区剧协的同志商量，要着手筹办第二届广西彩调艺术节，对这些年彩调艺术的发展成果进行一次总结与展演，以求这门广西独有的艺术发扬光大！

经过一年多的精心筹备，时隔七年之后，终于于 2010 年元月 12 日，第二届广西彩调艺术节在美丽的龙城——柳州市拉开帷幕。400 多名演员共出演 16 场，全部向普通老百姓免费演出。同时在鹿寨、柳城和融安县设置专场，让群众共享彩调艺术发展的芬芳果实！后来有专家评论说，广西彩调之所以有如此强大的生命力，影响力和吸引力，是因为它扎根于本土，吸收地域文化的营养，生长于民众之中。艺术最深刻的美感和生命力都是植根在祖国文化的故土里！

真正优秀的戏剧作品应该在人类的灵魂舞台上演，让人的理性做唯一的观众。戏剧是人的自觉意识在发生作用的社会性冲突，是激励观众合乎作者意图和所需的感情反应。从《广西彩调新十年》的所有作品中，我们不难看出戏剧的这些基本特征。俄国作家别林斯基说过:“在真正艺术作品里,一切形象都是新鲜的,具有独创性的,没有哪一个形象重复着另一个形象,每一个形象都凭它所特有的生命而生活着。”广西彩调艺术为我们塑造了一个个独具特色的鲜活形象,展示了这门艺术的无穷魅力。我真诚地希望艺术家们继续以真挚的情感、深刻的思想、丰富的想象、聪明的智慧,为包括彩调艺术在内的多种舞台艺术的大发展、大繁荣,创作出更多更好的无愧于时代的优秀作品!为实现中华民族文化的伟大复兴做出贡献!

《河池作家》序

据我所知，专门出版一本地级市作家文集，在广西尚不多见，而文集中的作家都是中国文坛颇有名气，作品多获省级和全国性文学大奖的更不多见。从这个意义上说，《河池作家》的出版，对反映一个地方文学事业的发展状况和作家队伍的培养壮大都有很深远的意义。

早几年，河池市的领导同志就跟我说，像河池这样的大石山区，过去是穷乡僻壤，可是却能涌现出这么多的作家，的确是一种奇迹，一种文化奇观！我们要十分珍惜这种文化资源，利用好这个文化品牌。于是市委、市政府采取了一系列措施，比如，召开作家座谈会；请在外工作的河池籍作家回去采风；出版河池作家文集；在《河池文艺》连续推介本土作家等等。这些措施都取得良好的效果！整个河池市呈现出一个大石山作家群不断发展壮大，文坛百花齐放，佳作迭出，文化事业欣欣向荣、如日中天的新景象！

这本集子里的作家，有的在全国性的刊物上发表过许多作品，有的已经出版了个人专集，有的可谓著作等身。这次选入集子的，虽然不是他们的最佳作品，但多少能反映出一个时期他们的创作水平。作品风格因人而异，作品体裁也不尽相同，作品创作的技巧也有差别，但都有一个相同点：抒写真情、畅谈实感、反映人生、歌颂时代。特别是有的作者对于时代风云和社会进步的感悟颇深，作品极有高度和力度。这些作品成为时代的号角，荣获区内及全国的文学大奖，这是最令人感到喜悦的！

编辑出版《河池作家》，编委会花了不少精力。就如何确定入编资格、排名前后、入选作品数量等都要经过一番斟酌。因为河池籍作家群一百多号人，全都上吧，篇幅有限，上少了又形不成规模，产生不了大的影响。考虑再三，最后确定这样三条原则：一是入编者必须是中国作家协会会员或广西作家协会会员；二是入编者及其作品在区内外要有一定影响；三是本着尊老爱幼的传统，全书按作者的年龄大小排序。编委会按这些原则很快确定了入编作者名单，最后确定 53 名作家作品入编，形成了一个老中青三结合的作家结构。这样彰显出河池作家群的生机与活力，以及薪火相传、后继有人的良好发展态势。

从艺术上看，这本集子的作品不管是小说、散文还是诗歌，故事情节有趣，语言生动感人，文笔老辣流畅，质量和格调都挺高。所叹所患都是作者发自心底深处的感悟、感慨！感物吟怀，视野所及总是那么高远，落笔洒脱。一个文艺工作者是“灵魂的工程师”，作者就是从这样的高度来立意取材、描写、揭示作品的主题。每个作者都扶着一支笔热心地从平凡的生活中描写，从不同的角度、不同层面、不同身份去反映伟大时代的社会生活。我们在欣赏每篇作品时，既分析其思想内容，同时也分析它的艺术性，此文集的作品这两方面俱佳。这些都是值得我们重视的价值！

河池是一片美丽神奇的土地，有取之不尽、写之不竭的文学创作资源。一方水土养一方人，一方人造就一方文化。一个能孕育出丰富、充沛的文化硕果的地方，必然有丰富多彩的生活，精神昂扬的人民。现在我们正处在一个开拓进取的时代，一个十分重视文学作品社会效益的时代，面对祖国壮丽的山河和昂扬奋进的人民，面对沸腾火热的生活，唯有以真挚的情感去抒写，去奉献。作品非情不立，而情贵在于真。唯有真情，才能在人们的感情之间开辟通路，才能把作者与读者连为一体，一同涨潮，一起扬波，掀起情感的巨澜！希望我们的作家怀着满腔的激情，浓浓的乡情，深刻的爱情，冷静地谛视人生，客观地、真实地描写生活，积极真诚地讴歌时代，彰显、赞美我们的民族，写出更多更好反映现实，激励人民，讴歌真善美的作品。不辜负家乡父老的期望，为河池文化大厦添砖加瓦！

我作为这本集子的作者之一，营营之声，侃侃之词，只当与各位共勉和自励，十分感谢家乡人们对文学的钟爱，对我们的厚爱。此情不可在短短的序文中表达淋漓尽致，许多情意都付作者佳作之中。这篇序文字芜杂之诮，自知难免，只好请读者们原谅了。

《情暖华蓝》序

艺术的力量是无穷的。音乐是情感的真实传递，表现人的喜怒哀乐；诗歌是一团火，在人的灵魂燃烧；文学会启发人的心智……哪里有人类，哪里就需要艺术，拒绝艺术和不懂艺术的人生，必定是枯燥无味的。这三本集子精选了华蓝集团员工们这些年业余时间创作的散文、摄影和设计的作品，从中，我们领略和感受到华蓝企业文化的魅力和员工们在艺术领域中的领悟和造诣，同时还体味到他们的创作精神和对艺术的执着追求，从中得到美的文学艺术的享受。

华蓝集团创建于 2007 年，现在员工 2800 多人，持有各类资质 47 项，涉及多种领域。在改革开放的大潮中，华蓝人以求新求实，开拓奋进，抢抓机遇，团结拼搏的革命精神，经过 5 年的奋斗，从小到大，从旧到新，从弱到强，走出了一条别具特色的建设领域发展之路。他们领先水平的标志性设计作品，得到各级领导及业内专家的高度评价和广大用户的好评，成为广西建设事业发展的历史见证。《梦园华蓝》记录着华蓝人寻梦的足迹，追梦的艰辛，实现梦想后的喜悦！

在华蓝人的手中，一座座高大雄伟，壮丽美观的建筑拔地而起，这是他们用情、用心、用智慧描绘出绚丽多彩的画卷，是一种别样艺术作品的展示。华蓝人用镜头从不同的角度，不同的层面，不同的构图拍摄下这些美的画面，记录下他们的生活、生产、生命的历程，展示他们美的心灵，美的体验，美的追求。《华汇华蓝》是建筑艺术作品的汇总，是华蓝人追求建筑艺术的里程碑！

文学浓缩人生，也能展现理想，文学是事实与灵魂相契合的再现，文章以理致为心肾（据颜氏家训改），气调为筋骨，事义为皮肤，华丽为冠冕。我们细读华蓝员工文学作品集《情暖华蓝》，会深切地感悟到这些。真可谓“文章，经国之大业，不朽之盛事。”华蓝集团不乏文学人才，从文集的作品中，可以看得出作者文笔之功底，文学情愫之高雅。其作品有很高超的创作技巧、新颖的构思、生动的语言、感人的情节、主题鲜明、导向正确、思想健康，既写出了时代的精神，又展现了企业员工的风貌；既有情感的抒发，又有哲理的启迪。篇幅短小精悍，情感真挚，质朴自然。文学是一种导人向善的工具，文章作为一种感动的力量，语言真诚的美，情感真实的美，能点亮人们的心灯，启发人的心智。《情暖华蓝》全景似地展现了华蓝人的整体形象，很值得一读。

华蓝，作为广西建设事业的领军企业，走过了五个春夏秋冬。这五年只是弹指一挥间，然而作为一个年青的企业，却是一段难以忘怀的艰苦历程。他们用文学艺术的符号，真实地、全面地记录下这段历史，难能可贵！时光使月亮变得苍老，时光使沧海几度扬尘，时光却使华蓝人变得更加坚定、睿智。面向未来，他们豪情满怀，去迎接金灿灿的明天！

《仫佬族史》序

民族是历史上形成的一个有共同语言、共同地域、共同经济生活，以及表现于共同文化特点上的共同心理素质的稳定的人类共同体。民族是一个历史范畴，有自己起源、形成、发展、变化和消亡的过程。这个漫长的过程便是一个民族的发展史，即民族史。但无论是哪个民族的历史，都是中华民族发展史的组成部分。中华民族各族人民由于共同的历史命运，在长期的生产、生活、生存中结成一个坚强的整体，这是中国历史发展的结果。

仫佬族，自称"姆姥"，汉人称"姆姥"。最早见于《新元史》，有"木佬"、"穆佬"、"木娄"、"濮僚"等称呼。仫佬族由百越族一支僚人发展而来，先后从江西、福建到湖南，而后迁至广西。有本民族语言而无文字。仫佬语属汉藏语系壮侗语族侗水语支，与汉壮民族杂居，受其经济文化影响。新中国成立以后，经民族识别确定为"仫佬族"，成为中国 56 个民族大家庭中一员。

1983年8月30日国务院批准成立罗城仫佬族自治县。这是全国唯一的仫佬族自治县。罗城仫佬族自治县位于广西壮族自治区西北部，面积2658平方公里，居民有仫佬、壮、汉、瑶、侗、苗等民族，总人口38万多人，其中仫佬族15万多人，占总人口的39.4%，占全国仫佬族总人口的80%以上。境内山岭绵延起伏，武阳江、龙江流贯全境。在山地丘陵间有峡谷平原，耕地小片分散，气候温和，雨量充沛，适宜农耕。西北部山坡植被茂密，是森林区，中间及西南部是坡地及小平原。剑江一带的峰林、瀑布，风景秀丽，是旅游胜地。新中国成立以来，特别是改革开放以来，仫佬族经济、文化发生了翻天覆地的变化，目前正向小康社会稳步迈进。

历史的发展进程是人类活动形成的轨迹。每个民族的历史都不仅仅是现成事实的总和，它是已逝时空的社会潮夕与人世沧桑，活跃在人们的精神生活里，影响着今天的文明。自有文字记载以来，关于仫佬族历史的记载很少，给研究仫佬族及其历史带来很大的困难。由于研究不够，资料短缺，直到现在，全国还没有一部仫佬族史，以致人们对仫佬族的史情比较模糊，对仫佬族史研究中的一些理论性问题也缺乏比较完整的系统的认识。因此，在处理一些仫佬族史的问题上往往处在一种众说纷纭、自圆其说和自相矛盾的状态。这种状况引起了仫佬族本族专家学者和全国史学界的高度关注。本世纪初叶以来，罗城仫佬族自治县领导班子，开始重视仫佬族史的研究和整理。2009年初组建了仫佬族史编撰领导小组和编辑机构，开始投入仫佬族史的收集、整理和编撰工作，编撰人员到全国各地翻阅了大量历史资料，深入田野实地调查，访问民族史学的专家学者，然后潜心编撰，历时三年，终于完成了这部近60万字的《仫佬族史》。这是仫佬族发展研究史上一项重大成果，是一件功在当代，利在千秋的伟大事业，同时，填补了中国民族史学上的空白。

在《仫佬族史》编撰中，编撰人员坚持做到"广征、核准、细撰、精编、严审"。即：广泛征集史料，广泛征求各方面的意见和建议，对所有的文史资料都认真核实准确，对田野调查得到的材料要核实清楚；在掌握大量史料和调查材料的基础上，组织人员细心撰写，九易其稿；对整个史书的体例、章节、篇目布局都精雕细刻，力求做到科学、规范、合理；初稿出来之后经过几个关卡的严格审读、审阅、审查、校对，最后确定稿送国家民委审批，正式出版。这充分体现了仫佬人严谨的作风。可以说，这部《仫佬族史》结构严谨，布局合理，资料丰富、翔实，立论准确，史实清楚，语言朴实，文字流畅，有一定的权威性和实用性，是一部研究仫佬族及其历史的参考书，是进行民族传统教育的教科书，是少数民族历史丛书中的精品之作。

历史的奇妙之处在于它既是一个客观的必然过程，又是一个由人参与、由人选择的过程。社会是人的社会，历史是人类的历史，社会历史的矛盾运动是人的活动。本着这个理念，在编撰《仫佬族史》过程中，正确处理了以下几个关系：一是处理好仫佬族和其他民族的关系，特别是汉族的关系。仫佬族历史上都与其他民族杂居，同住一座山，同耕一垌田，同饮一江水，受其他民族经济、文化的影响，可以说你中有我，我中有你。因此，写仫佬史离不开汉族史，记述仫佬山乡发生的人与事，离不开杂居一地的其他民族。二是处理好自治县境内仫佬族与散居在其他地方仫佬族的关系。写仫佬族史不能写成罗城仫佬族史，而是中国仫佬族史。因此，在重点写自治县境内仫佬族发展史时，注意兼顾散居在其他地方仫佬族史，融纳在一块写，做到抓住重点，兼顾全面。三是处理好历史和现实关系。历史正从昨天走向遥远，昨天封闭不了历史，过去的存在，是历史的现实，而今天的历史和明天的历史是昨天历史的延续，历史的长河，有源有流，即使抽刀断水水自流。因此我们在记述昨天的历史时，要立足今天，展望未来。四是处理好仫佬族自治县成立前后成果的关系。罗城仫佬族自治区县是 1983 年成立的，之前罗城县属一般的县域建制。因此撰写整个仫佬族史，在总结仫佬族地区经济、文化、社会发展成果时，注意把 1983 年前后的成果分别表述，照顾到其他杂居民族的情感，避免有后遗症。五是正确处理入史人物和重大事件代表性与普遍性的关系。对什么人、什么事件能入编进史书坚持了以下原则：(1)已被国务院、自治区明文确定属于仫佬族的重点保护的物质文化遗产和非物质文化遗产；(2)具有较悠久的历史发展沿革的姓氏；(3)在历史上具有影响，在广西或全国有影响的事件和文化现象，文化历史名人；(4)自治区和全国人民代表大会代表，中国共产党的历届代表大会代表，自治区和全国的英雄模范人物。对于市、县一级发生的事件和人物则采取列表的方法表示。

历史的高峰是永无止境的。在那层峦叠嶂，岚色苍茫的地平线上，在漫长的历史长河中，我们仫佬族世世代代不屈不挠，用勤劳的双手建设美好的家园，缔造了绚丽多彩的民族文化。仫佬族作为中华民族大家庭中的一员，在中华民族发展进步的历程中，和其他民族一样，发挥了积极的作用。每个重要的历史高峰上，都闪动着仫佬族人民的身影，回响着仫佬族人民的足音。在十分强调民族大团结，共同奋斗，实现中华民族伟大复兴的新的历史时期，这部《仫佬族史》的出版，具有独特的意义。

《音乐语境融族域》序

文化是民族的灵魂，每一个伟大的民族要屹立于世界民族之林，必定要有区别于其他文化的独特性，同时又有与其他文化相通的地方。一个能孕育丰富、充沛文化硕果的民族，必然有丰富多彩的生活、精神昂扬的人民。而不同的民族在不同的社会文化影响下，会形成带有不同特征的文化特质。这些文化特质彼此发生关系，形成了系统的文化关系。正是这种关系，构筑成一座座人类文化的丰碑。

广西是一块美丽神奇的土地，这里世居着壮、汉、瑶、苗、侗、仫佬、毛南、回、京、彝、仡佬等十二个兄弟民族。千百年来，各民族和睦相处，用自己勤劳的双手和聪明才智，共同建设美好的家园，缔造了丰富多彩的民族文化。但在广袤的八桂大地，各民族由于地理环境、生活习俗、伦理道德及宗教信仰的差异，形成了浓郁的族性和域性文化。广西文化独特的民族性和地域性，为广西文学家艺术家提供了丰富的创作元素和生动的题材。他们吸收着这些丰富的营养，创作出许多传世经典之作。傅磬作为本土成长起来的作曲家，他和他的作品便是其中的典型代表。

傅磬一生建树甚丰、硕果累累。他是广西音乐创作的代表人物，又是广西乐界的优秀领导者，组织了多次大规模的采风及音乐创作活动，将广西的音乐创作、演唱队伍的积极性调动了起来，增强了广西音乐团队之间的凝聚力，为广西的音乐事业做出了重要贡献。据不完全统计，傅磬发表歌曲 400 多首(部)，出版了歌曲集《木棉花红的季节》、《傅磬获奖歌曲作品选集》以及个人 CD 作品专辑《三月三九月九》、《壮族大歌》。傅磬还为广西首部音乐剧《桂林故事》、首部壮族歌剧《壮锦》、音乐剧《桂花雨》作曲，并曾为多部电视剧、广播剧作曲，还主编有《广西民族歌曲精选》、《八桂歌典》以及 12 卷的《八桂音乐丛书》。他创作的音乐作品多次获得中宣部“五个一工程奖”、中国音乐“金钟奖”(作品、个人)、全国“广播新歌”奖、广西壮族自治区人民政府最高文艺奖——“铜鼓奖”等。

傅磬所创作歌曲的题材内容可谓丰富多样，其创作手法也为业内人士所称道。他的成功也为广西音乐创作提供了有益的启示：广西独特的地域环境使作曲家的生活语境具有了天然的地域性；地域民族性多元的风土人情、生活习俗、民族民间艺术之沃土流淌出的原生性艺术营养——可提供丰富而独特的艺术原始积淀并形成宝贵的原生性艺术资源优势；现代音乐艺术的系统而严格的训练，能使作曲家驾轻就熟地运用现代的世界开阔性的眼光看待和构想其心中的音乐艺术；要勤于思索、善于将浓厚的原生性艺术资源优势与现代作曲技术优势巧妙地交融；题材内容与时俱进，体裁多样，旋律优美，技法多元，伴奏丰富。一个真正的艺术作品，一切形象都是新鲜的，具有独创性的，没有哪一个形象重复另一个形象，每个形象都凭它所特有的生命而生活着。傅磬的作品充分、完整地体现了这点。

音乐家傅磬英年早逝，他留给我们许多好的作品，传授给我们许多好的创作理念和创作手法，同时也给我们留下高尚的创作精神和道德品质。广西艺术学院资深音乐教授蔡世贤先生怀着对傅磬——广艺杰出校友的深厚情谊，带领他的研究生对傅磬主要作品进行全面、系统、深刻的研究，并结合教学，把傅磬的创作理论与实践结合起来。他们从傅磬的创作成就、方法、特点入手，分三个层面深入研究，一是歌词，二是旋律，三是钢琴伴奏，使每个作品都是全面、完整、细致的总结和探索。在深度、深刻的研究基础上，撰写成《音乐语境融族域》一书。这本书是广西音乐创作理论和实践的总结，是对音乐家傅磬的纪念，也是蔡世贤教授教学实践的研究成果，难能可贵，可喜可贺。

《音乐语境融族域》的上册《傅磬声乐作品研究》选择了傅磬最具代表性的，也为他本人所认可的 26 首声乐作品为研究对象，以歌曲的创作题材之丰富性、创作手法之多样性、创作的时势性等角度为切入点，全面研究了傅磬作品的歌词文学性、曲调族域性以及钢琴声部引领性、烘托性等特点。下册《傅磬歌曲钢琴伴奏作品》则收入了上册所研究作品的曲谱，并为之编配了钢琴伴奏，使全书研究更具全面性和立体性。综观全书，可以说这是第一部如此全面研究傅磬声乐作品的专著，其研究题材内容的广泛、钢琴声部写作风格与曲调原创之契合、研究切入点的独创、研究角度的多样与独到、严谨的学术性都使该书独具特色及研究的独特性。该书作为全国高校教材（学术著作）出版审定委员会审定后由国家出版集团 A 级出版社出版的书，足见其高度的学术价值，很值得一读。

《书法摄影集》序

艺术是人类的梦想，是关于光明，自由和宁静的力量的梦想，因此艺术的力量是无穷的。艺术是生活的点缀，是引向生命的一种诱惑，如果没有艺术，现实的粗陋将使整个世界不堪忍受。

现在展现在读者面前的《书法摄影集》是民营企业家刘思强先生多年来精心创作的书法、摄影作品。整个作品集充分展示了思强先生对艺术执着的追求和独具一格的书法艺术风格，深厚的书法和摄影创作之功底。他的书法大气磅礴，章法融和，明快简洁，风骨意境俱在，让人过目不忘。他的摄影作品构图新颖，取景至美，用光得当，画面清晰，给人一种美的享受。从他的这些作品中我们感悟到一种新时代的气息，体味到作者奋发向上的精神风貌和酷爱艺术的情怀。

刘思强先生自幼爱好书法，勤奋好学，刻苦习练，他博众家之所长，千锤百炼，形成自己独具一格的书法字体。真可谓“进去是别人的，出来是自己的！”难能可贵。刘先生毕业于华南理工大学，从事过科技工作，企业管理，行政领导，阅历丰富，才华横溢。前些年他自己开办科技公司，从事柚子生物开发。在繁忙的工作之余，他坚持书法，爱好摄影。经过几十年的不懈奋斗，终于修炼出成果。这本《书法摄影集》是他多年辛勤创作的结晶，是他对艺术执着追求的硕果，可贺可喜！

书法艺术是中华民族文化瑰宝，我们必须大力弘扬，要在继承中创新，在创新中发展。“八桂书风”作为广西书法艺术响亮的品牌、展示各路书法家艺术才华的平台、团结广大书法爱好者的旗帜，这些年取得了长足发展，这是每个书法家值得宽慰和自豪的。艺术的修炼需要付出终生的时光，希望广西书法、摄影界不管是专业还是业余，不管是从政还是经商，都要像刘思强先生一样，利用各种机会和抽出一定时间，创作出更多更好的艺术作品来，为书法这一中华瑰宝和摄影艺术宝库增添光彩，让“八桂书风”走向全国，走向世界，为实现“文化强区”“富民强桂”做出新的贡献！

《谁在影响广西》序

一方水土养一方人，一方人缔造一方文化，一方文化造就一方志士。广西地处祖国南疆，在中华民族悠久的历史长河中，广西各族人民用勤劳的双手和聪明才智建设自己美好的家园，创造了丰富多彩的文化，涌现出许多名人志士，才子佳人，在中国历史上产生了重大的影响，同时深刻地影响着八桂大地。他们是广西人代表性的形象，从他们身上找到了广西人的自信与自豪。他们的事迹、业绩，他们的思想与精神，激励着一代代广西人！

何冰先生是一位地道的广西人，他热爱家乡的一草一木，更钟情于广西的历史文化，人文景观。2011年，在纪念中国共产党成立90周年之际，他萌动了编写一本反映近代广西成功人士的书籍，取名《谁在影响广西》，作为献给我们党生日的礼物。新中国成立以来，在广西这片美丽神奇的土地上，从无数建设者中涌现出许多杰出的代表，其中有锐意创新的政治家，有财富雄厚的投资商，有抢占先机的淘金者，亦有闯生活、谋发展的企业家及文化领域的成功探寻者。这些人既有在各个领域做出突出贡献的才俊，也有充满爱心，扶危济困的普通人。从他们身上，我们看到一个人是如何在艰难困苦中奋斗、抗争，到最后成功的，是怎样发展和发现自己的，而这个发展自己和发现自己的过程，正是一个从不平凡到平凡，而又从平凡到不平凡的历程。最重要的是，在他们身上我们看到了“广西精神”。

“广西精神”的突显，是彰显地域人文精神风貌的重要途径，是凝聚人心，砺炼意志，团结奋斗的不竭动力，是给广西大众再好不过的精神食粮。广西壮族自治区党委、自治区人民政府、广西学者专家们提炼出的“广西精神”，顺应时代发展的要求，适应实施富民强桂战略的需要，是新时期加强和改进思想道德建设的指导思想、基本原则和主要任务，是新阶段全面提高广西人思想道德素质的重要举措，是推动广西经济建设、文化发展、社会进步的强大精神动力。《谁在影响广西》是对“广西精神”的一种解读。

这本书内容翔实，语言生动，结构新颖，文图并茂，文采飞扬。品读中，一定会被书中的这八位主人公的品德深深震撼。他们的“成功历程”绝非平步青云、一路顺遂地迈向成功之路，他们也曾遭遇挫折、失败，也曾陷困难险阻，而且志向愈大，所面对的失败、迷惘也愈大。只是他们在历经人生一连串的失败时懂得痛定思痛，勇于以背水一战的决心迎战，并在行动的瞬间，捕捉属于自己的生存法则。“他山之石，可以攻玉。人生之鉴，可以指路。”八位主人公的经历充满着积极向上的活力泉源。“近朱者赤”，万望广西大众跟着成功的道路走，与名人同呼吸，与时代同步伐……相信读者分享了他们的人生经验后，能有所启发，能更有信心地去摘取属于你自己的成功果实。

人生是一首哲理诗，其千变万化的色彩胜过大自然所创造的绚丽辉煌。多数人在人潮汹涌的世间，白白挤了一生，从来不知道哪里才是自己所想要到达的地方。而有志之士，他们却始终不忘记自己的方向，所以他们打开出路，奋力拼搏，走向成功！人是要讲点精神的。古今的八桂涌现的成功人士为我们树立了坚忍不拔，高远追求人生意义的榜样。当今我们正处在一个升腾的时代，中国正以飞快的速度发生着变化，广西正风生水起，展翼腾飞，这对每一个人都充满机遇与挑战。人生中，最光辉的一天并不是功成名就的那一天，而是从悲叹、观望中奋起，勇往直前的那一天。最清晰的脚印，印在最泥泞的道路上。愿八桂儿女抓住时机，奋力拼搏，昂首挺胸，勇往直前，在自己人生的道路上，创造出更多的绚丽辉煌！

《广西桂学研究》总序

21世纪以来，随着区域经济的快速发展，一个与之相对应的地域文化研究悄然兴起，出现了地域文化竞相迸发，研究成果累累，各种学理学说迭出的生动局面，有力地推动社会主义文化的大繁荣、大发展。广西桂学研究，就是在这个时代背景下诞生的。桂学是广西文化地标，是以广西社会、文化、思想、艺术、科技、工艺等为研究对象的，具有广西特色的一种理念和学说的总和。桂学作为“学”，它是一种能正确地、合理地呈现客观社会历史文化和现实文化的系统知识的学问、学理和学说。

桂学研究无论是时空上，还是在范围及内容上都是一个庞大的、系统的、广泛的工程。其中对广西历史文化的研究，是桂学研究的首要任务和重要内容。而要研究历史文化，就不能不重视对广西古籍的研究、整理和保护。因此广西桂学研究会成立后，内部设置了古籍出版委员会，专门负责广西古籍的整理出版和保护工作。桂学研究会由何林夏、蒋钦挥两位副会长牵头，组织专家学者开展了卓有成效的工作，在桂林、南宁两家自治区图书馆以及有关单位的大力支持与积极协作下，第一套50本广西古籍于2012年5月出版。桂学研究会将在一个较长的时间内，集中力量，筹措资金，全面、系统、整体地整理出版广西现存的古籍，作为桂学文库的宝贵财富，为桂学研究提供翔实、系统、完整、可靠的史料。

以整理、研究、保护传统文化为立足点的古籍出版，在一定程度上起到了继承、弘扬地域历史文化的作用。古籍作为珍贵的文化遗产，它记载着整个历史发展进程，可以说是集自然与人文之美为一体，是我们了解历史、解读历史、研究历史的主要途径、可靠依据、重要史料。古籍具有如下几种价值：

一、研究性价值。桂学研究以研究广西历史文化为切入点，即首先研究广西文化及其源流，与其他地域或国域的文化关系。通过广视域、多层面、全方位的探讨，弄清楚广西文化发展的历史状况，做到知根知底。先秦时期，广西为百越之地，秦统一岭南，广西开始设置，便有了文字记载。之后经历代的文化积淀形成大量的文史资料、文献资料、考古资料以及名人志士著作。这些都是桂学的珍贵财富。我们通过对这些资料的研究与考察，将有利于对广西文化的源流、性质、内涵、特征、地位及影响等得出比较全面、系统的结论。古籍也为社会学家、民族学家、历史学家提供了丰富的研究素材。

二、教育性价值。古籍兼具知识性与情感性学习两种功能。古籍往往知识点广泛、深奥，阅读古典有助于我们掌握古代人文知识、古文知识、古人写作技巧以及领略古文之精彩，可以了解地方发展史，特别是了解到一些重要历史人物立身处世、治学成功的经验以及他们的思想品德，自强不息的成长道路，这些对提高我们的精神境界和文化修养都是一种启迪与教育。对历史人物，我们不仅可以分享他们的人生经验，还可以“他山之石，可以攻玉；人生之鉴，可以指路”，使后人有信心地去摘取属于自己的成功果实。

三、开发性价值。古籍历经数千年的文化积累，有丰富、深厚的文化内涵，蕴含着先人的智慧，同时保持着原创性、传承性、地域性、多样性的特点。我们可以从古籍的记载中，提取其精华，使之成为现代艺术创作的艺术源泉与灵感来源，这有助于拓展文艺创作题材，开发文化资源，创新文化产业，实现古籍新的艺术价值。

当然，任何事物都非尽善尽美，由于历史的局限性，古籍也有其自身的缺点，相关评论过去和现在都洋洋盈耳，在此不想多说了。对古典的东西，需要我们用批判、借鉴的眼光去加以审视，本着去糟取精，去伪存真，古为今用的原则，充分发挥它应有的价值。今天，我们重要的任务或许还是在如何能于精神上、思想上接应优良传统，并通过继承优良传统，争取到更多的精神与思想上的资源。历史不可能复制，它只属于它存在的那个空间和那段时间，但是历史又永远不会消失，只要人类生命还在继续，历史就必然活跃在人们的精神生活里，影响着今天的文明。

《推磨集》序

地处桂西北大石山区的河池，高峰林立，溪水横流，满目翠绿。一方水土养一方人，一方人造就一方文化。这山清水秀之地孕育了一批文化人，崛起了一个作家群。在这支作家队伍群中，绝大多数都是出生边远的山村，在社会底层摸爬滚打，勤奋笔耕，走出大山的，这被文学艺术界称之为“河池文化现象”。《推磨集》的作者韦奇宁便是这支大石山作家群中颇有成就的成员之一。

奇宁同志出生在广西大化县一个群山环抱的壮族山村，群峰叠嶂，林海茫茫，红水河穿越崇山峻岭七百弄，那里有千岛长湖，山海奇观，八十里山河画廊。他自幼就生活在这大山之中，他对家乡的山，家乡的水，希望的田野，茂密的山林，怀着一种深深的挚爱。当他踏上文学之旅，便把这份对故乡的情与爱，铸成一行行精美的文字，赞美故乡，感恩故乡，思念故乡。他在《找回乡情的文学碎片》里这样写到：“我却坚信自己与山有着与生俱来的缘分，与山有着永世不解的情结，也许我的生命为山而来，为山而在，因而山总对我不舍不弃，我与山也就难分难离，人生一世，豪情万丈……”这些来自心灵的话语，无不透出作者对大山的深情实意。韦奇宁是大山忠诚的儿子！

奇宁同志和其他在大山里成长起来的作家一样，依靠艰苦拼搏奋进，走出了大山，改变了自己的命运。他先后到过很多工作岗位，都干得很出色。但无论工作如何变化，职务如何变动，他都紧紧握着手中的笔杆子，没有放弃对文学的追求。自上世纪八十年代初，他发表了第一篇散文处女作之后，其作品便如雨后春笋般遍布全国各类报刊。尽管这些文章表示他只是刚刚起步，但我们从中看到了他向更高阶段发展的基本素质，透视到他心灵上对文学、对生活、对情感发自深处的冲动和不懈的追求。以至今天，他实现了自己作家的梦想，成为广西作家协会会员，当选河池市文联副主席、华锡集团文联主席，是文学桂军的重要成员之一。

一切好的文学作品，都是从作者的心灵里歌唱出来的。奇宁同志写的每篇作品都是脚踏实地的、发自心灵的呼唤。在他的作品里，都试着颂扬一个真善美的境地和人生观。他从不悲观，也忌空想。他的作品积极昂扬，充满阳光。无论是写山水风光、人间故事，还是矿山冶炼、城镇生活；不论是逸心哲语，还是怀旧深情，都给人一种真实的美与爱，他的作品从不矫揉造作，更不浅薄空虚，而是给人以自然之感，因此极有说服力。这是静心地看人生、看世界时才能达到的境界。奇宁同志的作品，一方面从感性到理智，从抽象到具体；另一方面则从感情到感觉，从抽象到物质。但他总是牢记住，文学必须为真理，为大众，为人生，为正义，为时代而写。这是文学创作浩浩的主流，文学浓缩人生，又能展现理想！

《推磨集》是奇宁同志一本新的散文集子，收入了他这些年来创作的四十多篇散文、随笔与杂文，多数已在报刊上发表，是作者近年来刻苦写作的部分结集。看完了全书之后，我深为作者创作精神所感动，为他所描写、记述的人物与事件而激动。作者用力之劬，以及态度之谨严，构思之新颖，语言之平实、风趣，如闻其声。讲述故事的生动感人，描写的场景真实自然，如临其境。我尤其喜欢《那森林，那老人》《登圣堂山》《弄场人》《拧一把山风，或许故事滴滴嗒嗒》《不能承受的美丽》等篇章，"走进圣堂山，无论是上山还是下山，都是对人的一次毅力与耐性的考验，我想造物主才是一个真正的艺术家和思想家，他造出一座圣堂山，定出一个制高点，让你去攀登，去跨越！用磨难来考验你的执着，磨砺你的意志……"这样的描写、抒情随处可见。读了这些作品，令你有所悟，有所思，有所获，亦给人一股清新、甜美的气息，久久难以忘怀！

人们推崇并神往的，是那些如林中的响箭，雪地上的萌芽，春天里和煦的阳光，大河里喧腾的浪花式的散文，那是满溢着生命活力和透示着自然鲜亮色彩的美。奇宁同志的散文作品具备了这些特质，很值得一读。生命需要艺术，艺术更需要生命，对于一个作家而言，不懈地追求文学最高境界，是一辈子的事情。希望奇宁同志能创作出更多更好的散文作品，如顶天之树，随着岁月，枝叶愈茂，花开愈盛！

《山歌一曲敬亲人》序

广西“歌海”誉满中外，唱山歌已成为八桂儿女日常生活的必须。各族人民用山歌表达爱情，赞美生活，传播信息，迎宾送客，欢度节庆……是广西一道独具魅力的文化风景线。河池市是歌仙刘三姐的故乡。在这里无人不会歌，无处没有歌，无节不对歌，无时不唱歌。河池歌海歌手如云，歌声如潮。

随着改革开放不断深入，国内外宾朋、客商及各级领导同志纷纷到河池洽谈商务，旅游观光，考察工作，文化研究，地方的接待工作成了一个至关重要的环节。市委接待办的同志在工作实践中，深深体会到运用唱山歌这种别具风格的接待形式，既弘扬民族文化，又彰显民族风情；既真切表达情感，又活跃接待的气氛，深受来宾们的欢迎，取得事半功倍的效果。

现在奉献给各位领导、宾客的这本《山歌一曲敬亲人》，便是他们接待山歌的选编。这些山歌情感真挚，语言生动，通俗易懂，朗朗上口，广为流传。这真是——

看歌海，
唱首山歌就开台，
花开引得蜜蜂采，
山歌迎得宾朋来。

搞接待，
树立形象增光彩，
投资环境营造好，
四海客商乐开怀。

多谢了，
多谢四海众嘉宾，
我家已备好茶饭，
更有山歌敬亲人。

《罗城信息之窗》创刊词

我们正处在一个信息爆炸、气象万千的时代。

我们生活和工作在一个经济空前繁荣，科技突飞猛进，生活更加富足的崭新时代。

当今信息已经成为各级领导干部思考、决策、谋略必不可少的参谋，信息也成为了广大民众生活、生产以及生存不可缺少的要素。富有创造精神，具有无比聪明才智的中国人，正满怀信心融进全球的信息海洋之中，迎接新一轮技术革命的到来！

罗城仫佬族自治县，地处桂西北山区，随着改革开放的不断深入，经济不断发展，社会不断进步，边远的仫佬山乡，发生了翻天覆地的变化。特别是人们的思想观念，思维方法，生活方式等都发生了根本性的变化。现代的工作、生活让人们深切感受到信息对仫佬山乡的经济社会、文化发展和群众生产生活带来了无可替代的作用。

为了向人们提供更多、更好、更准确的信息，增加公共资源的享受和利用率，增强社会的公视率，增强政府决策的透明度，也为广大干部群众参政议政提供一个平台，便于领导决策参考，罗城县委宣传部创办了内部的印刷资料《罗城信息之窗》。这是一种很有意义的信息交流形式。希望通过这种信息交流，外面的信息可以源源不断地流入山乡，仫佬山乡的信息也可以传播到山外。信息全部受益于交流，而信息交流从来不是单向的，而是双向互助的。正是世界多种信息的交流，才能形成一个信息涌流的时代。

《罗城信息之窗》虽然是一种内部交流资料，但依然是一个舆论的阵地，文明的窗口，沟通领导与群众的桥梁。因此，一定要坚持唱响主旋律，把好大方向，正面宣传为主的方针，要去粗取精，去害趋利，去伪存真。以正确的舆论引导人，内外宣传基调平稳，宣传方式不断创新，在实践中探索信息采撷、整理、发布的新形式、新方法、新途径、新手段，以适应形势的发展和领导、民众对各种信息的需求。努力把科学发展观真正落到实处，携手共同建设美丽的仫佬山乡，为实现“富民强桂”的宏伟目标做出更大贡献！

第六辑 岁月流金

真挚的情感　高尚的艺术品质

——在李岚清篆刻书法素描艺术学术研讨会上的发言

各位专家学者，同志们，朋友们：

我参加和组织过许多理论及学术研讨会，但是还第一次参加李岚清同志这样一个国家领导人，国家级、国际级政治家的艺术学术研讨会，这本身就是一件难忘的、很有意义的事情。广西能承办国家领导人的艺术品展，并召开这样一个研讨会，可以说是“小马拉大车”、“小台唱大戏”。但是，刚才听了许多专家、学者的发言，我觉得很有水平，很有见地，这说明广西的理论家对岚清同志的艺术作品有一定的了解、较深的研讨。我想在这里也谈谈自己的几点感想、感悟和感慨。

一是真正的艺术是不需要装饰的，艺术家越是从心灵深处迸发出的感情，感情越是恳切真挚，他的作品越独特，越受广大民众的欢迎。

岚清同志是老一辈的政治家，对中华传统文化深深挚爱。他自幼就在中华传统文化的熏陶中成长，酷爱中华文化艺术，且涉猎的艺术门类很多。这次展出的艺术作品展，内容十分丰富，有诗书、篆刻、音乐、素描等，而且每个门类艺术的表现力都很强。他的书法别具一格，极有功力。他的 100 多幅“素描大师”堪称一绝，每个大家的形象特点都完整地表现出来。他的篆刻更是布局均衡，用刀深厚而畅达，章法灵动而庄重，印面谐和而鲜明，集中国书法、雕刻、绘画和文学多种艺术元素为一体，表现出岚清同志高超的技巧，深厚的艺术功底，对艺术执着热爱和不懈的追求。这一切的创作源泉与动力都源于他对中华民族传统文化艺术的无比热爱与无限的推崇。

二是生命需要艺术，艺术更需要生命。岚清同志已是八十岁高龄，今天我们看到的是一位神采奕奕、步伐稳健、思维敏捷的学者和艺术家的形象，他有这么好的身体，源于他对艺术的酷爱和不懈的追求。他提出“健身、健脑、读书、创作”8 个字作为自己退休后生活工作的安排方针。在退下来之后，开始了人生的艺术第二春。李岚清同志兴趣广泛，有着深厚的学养，先后创作了大量的篆刻作品和文艺理论专著，在国内外举办过多次艺术讲座。所以说，一个人不管你职位再高，退下来就是一位公民，一个活生生的人。是人就不能离开文化艺术。文艺可以养心、养神、养身、养颜。生命需要艺术，而艺术的生命比个人生命更为永久。

三是创新是艺术家的灵魂，是艺术家创作的不竭动力。何谓创新，就是人脑在不断活动变化中的客观事物的刺激下，自觉产生积极改变客观事物现状的创造思想和创造欲望。创新是当今时代的特点、热点。艺术本身就是一种创新的事业。岚清同志在艺术创作中，为我们树立了一个敢于创新，善于创新的好榜样。他的艺术作品，匠心独运，别出心裁，大胆突破，勇于超越。因此，不管他是从事哪个艺术门类的创作，其作品都极有个性。他视野开阔，眼光锐利，对各艺术门类融会贯通，因此不论是书、画、篆刻，还是诗词音乐，都把传统与现代元素结合起来，把阳春白雪和下里巴人结合起来，令人耳目一新，他是当代文化艺术继承与创新的楷模。我们要学习岚清同志这种创新精神，推进广西文化艺术事业的发展，弘扬广西创新争先的精神。

四是学无止境，对艺术的追求更无止境。在文学艺术领域，不论如何有名气的艺术家，都要活到老，学到老，做到老。这方面岚清同志为我们树立了很好的榜样，退休以后，他 71 岁时开始学篆刻，为了训练自己的脑、眼、手，他学习电脑、读书、练习。岚清同志退休之后又走出了一条路，达到了一种境界，这告诉我们：一是退休并不是事业的终止，而是新事业的开端，对于一个有理想有追求的人来说，退休人休业不休，发挥余热，大有作为；二是退休后一定要培养自己的一种爱好，找到一种精神寄托，有利身心的健康，有个发挥余热的平台；三是退休还要退“羞”，不要怕见人，不要怕降身份，不要怕没面子。正确摆正位子，能官能民，能屈能直，能上能下，随遇而安！

党的十七届六中全会，吹响了向建设社会主义文化强国迈进的号角，为社会主义文化大繁荣、大发展指明了前进的方向，制定了具体的政策措施，提供了千载难逢的好机遇。广大文艺工作者一定要积极响应党中央的号召，立即行动起来，把六中全会精神贯穿于文化发展的全过程，落实到每个环节，每个项目，每一个文艺创作的行动中。我们要借这次举办岚清同志艺术品展览的契机，掀起一个文艺创作，文艺创新的热潮，推进全区文艺事业的发展。为实现文化强桂，为实现中华民族的伟大复兴做出新的更大贡献！

2012年3月17日

对河池市文艺工作者的几点建议和希望

现在虽然是隆冬季节，但是在我们河池市第二次文代会的会场里，却充满着热情洋溢的气氛。这次能应邀参加河池市的文代会，作为一个从事多年文艺工作的文艺工作者、作为一个老乡，我感到非常高兴。这次会议是在市委、市政府的亲切关怀下召开的。我们河池的170多名文艺工作者聚集一堂，共同回顾过去走过的历程，共商实现河池文化大发展大繁荣的大计，共同展望我们河池文学艺术的美好前景，这是河池市文艺界的一项盛事、喜事，也是广西文艺界的一件大事。特别高兴的是，市委蓝书记与其他领导在百忙中来出席今天的大会，等下蓝书记还要作重要的讲话，这也证明河池市委、市政府是多么高度地重视文学艺术工作。在这里，我谨代表自治区文联，以一个老乡的身份，向河池市第二届文代会的召开，向长期以来关心、关怀、关注、关爱文艺工作和文联工作的领导、向在座的各位文友笔友并通过你们向全市的文友笔友表示祝贺之情、感激之意、慰问之心。

这次文代会将选举产生新一届文联的领导班子和各个协会的领导班子。当前我们面临的是一种新的形势，新的任务，新的机遇和新的挑战，我想既然来了，就借这个机会，用十来分钟的时间，对将要产生的河池市文联新的领导班子和各个协会的领导班子提几点建议和希望。

第一，要认清形势，明确任务。

党的十七大提出了要推动社会主义文化的大发展、大繁荣这个宏伟目标，对新时期的文化发展提出了具体的要求。特别是最近召开的党的十七届五中全会，在提出“十二五”计划中，把文化当作一个非常重要的内容提出来，提出了很多具体的任务和要求。在这个形势下，我们要充分认识到当前文艺的发展环境是空前的好，我们迎来了又一个文艺发展的春天。中央和各级党委从来没有过这样的重视文化、关注文化、发展文化。所以我觉得在新的时期，我们从事文学艺术工作的人肩负着伟大的使命，应该感到非常光荣！明年是我们党建党九十周年，有专家分析认为，共产党建党的九十年，前三十年即 1921 年至 1949 年是夺取政权的三十年，1949 年至 1979 年是巩固政权的三十年，1979 至 2009 年是发展经济、促进中华民族经济腾飞的三十年。再往后三十年将是全国、全中华民族为实现中华民族文化伟大复兴的三十年！只有文化复兴，才能实现中华民族的伟大复兴！中央和区党委对文化非常重视，从现在一些措施和出台的一些政策都充分体现出来。

我认为，当前我们的思想在有些方面是跟不上形势的。我感觉我们当前对文化的认识还存在这样三个问题：第一是文化自觉不够。什么叫文化自觉？文化自觉就是对自己文化的自知之明，包括我们在座的，现在我们对广西、对河池的文化知道多少？不知不明，知之才明啊。这是文化自觉。第二是文化自信心不足。我经常讲，广西人对文化的自信心相对比其他省要弱得多。因为我们戴着几十年的南蛮势力的帽子，使我们感到广西人愚昧无知、野蛮、贫困，这是广西人的一个形象。所以啊，这点文化自信心不是很足。第三是文化意识不强。这文化意识表现在哪里？有些地方文化观念非常淡漠。广西人普遍受一种泛文化影响。泛文化就是把文化简化、浅化、俗化，以为修个广场、搞台节目都是文化。所以我们在座的文化工作者有责任唤醒人们的文化自觉，增强人们的文化意识，强化我们的文化自信。这是我们的一项重要任务，特别是最近区党委召开的九届十三次全会，提出了“十二五”计划，把“富民强桂”响亮地提出来。我觉得这是形势的需要，全区人民的迫切要求。这个战略决策应该是鼓舞人心的。我觉得“富民强桂”起码包括以下几个内容：第一个是经济总量的强大；第二个综合实力的强势；第三个是文化发展的强盛；第四是战略地位的强化。就广西的战略地位在中国现代化发展中已经起到不可替代的作用的，那就是北部湾经济的开发。最后要实现人民富裕安康，促进我区的“富民强桂”的战略实现。我们文化在“富民强桂”战略中也占据着很大的份额，肩负着非常繁重的任务，所以我们要明确这一点。这是我讲的第一点。

第二，要认真学习，更新知识。

现在的文艺和文联工作面临着很复杂的社会环境，人民需求提高了，各种冲击加大了，而且各种新知识、新技术、新信息和新手段不断出现。现在全国的网民有五个亿。媒体化、大众化、虚拟化、社会化的现象迅速发展，社会上有的，网络上也有。每个手机就是一个网站，人人都可以讲话，人人都可以发言，人人都有麦克风。这样的情况要求我们必须强化学习。特别是在学习中，要真正做到知识更新、知识保鲜、知识充电，要“学、思、勤”三结合。特别是当个作家、文艺工作者，知识面要广。有个作家到区文联去，连开电梯也不会，人家按的是楼层数字，他老去摁指示箭头，还问为什么老上不去。到现在很多基本的知识都不懂，你这样怎么当作家?！现在光靠剪刀加浆糊来写作不行了。所以文艺工作者一定要勤学习、勤观察。你要当作家要搞文艺工作，就要具备三个能力，一个是思考能力，一个是想象能力，一个是表达能力。要当作家起码这三个能力要具备，这需要我们勤奋学习，抓紧时间学习。

现在国家不是提出要建立学习型社会、学习型单位吗？我们也要建立学习型的文联，必须使人人学习、全面学习、全部学习、全天候学习。你再不学习就要落后了。知识更新过去是两三年一个周期，现在是半年、几个月一个周期；过去是三十年河东、三十年河西，现在是一年河东一年河西。现在是领导危机、家长危机、老师危机。很多你不懂的，你工作的对象知道了；老师不懂的，学生懂了；领导不懂的，开会的懂了，听会的懂了，你就没有威信。对我们作家来说，你必须在某方面要有超前性，你要多学些新的知识。所以学习是非常重要的。有个乡党委书记，人家问他："你看书不看书呀？"他说："看啊，不看书睡不着觉"，一看书就睡觉。这就不行了。所以学习很重要，特别是对我们文艺队伍更为重要。

第三，要努力工作，用心办事。

这是当今我们要发展事业的非常关键的问题。没有用心办事，很多事情就办不成，就会失败。我们一定要有事业心。在工作中我就提出四句话，"努力工作"，"用心办事"，"天天快乐"，"享受生活"，我认为我们文艺界也应该这样。首先要用心办事、努力工作，然后才会天天快乐、享受生活，没有这样就不行。所以我们一定要尽心尽力、尽职尽责，工作要十分投入，办事要十分上心，干活要十分尽心。要善于思考，要想问题、谈思路、提措施、抓落实，特别是市委市政府对全市的文化发展应有个很好的规划。前次在南宁开了个座谈会，谈了一大批工程，谈的都是非常具体的工作，非常好。所以新的文联班子要加强这方面的落实工作，不要市委提出一个口号来，你又再提个口号。就像昨天晚上吃饭时我讲的，区党委提出“三大战略，六大突破”，各个市纷纷效仿，什么“五大战略，八大突破”、“六大战略、十二大突破”。这个东西都是形式主义啊。区党委提出一套战略了，你就要提出战术；市委提出一个具体奋斗目标，你就在措施上抓落实。不要搞形式主义，不要搞表面口号，要沿着市委市政府提出的战略去抓落实，一个一个地抓落实。

文化和文艺工作也要有项目带动，没有项目带动也是不行的。比如桂林就抓一个“印象刘三姐”的项目，带动了多少个项目——影视业、旅游业、餐饮业，还办了个艺术学校培养艺术人才，带动了周围的农民致了富，农民不种田也可以致富了。所以桂林人讲：“张艺谋这个人可以啵，我晚上挑个空箩筐就得二十块钱（桂林话）。”那个牛啊十块钱，小孩十块钱，二十块钱就走了一圈，一个小时十块钱。后来有一天小孩去玩了，忘记开演了，一到时间那牛自己跑出来了。你看，又得十块钱。这就是一个项目带动了很多项目，形成了一个产业。所以文化要搞产业。希望同志们要沿着市委市政府的一些重大框架、规划去认真抓落实，缺少了这条是不行的。

第四，要心态平衡，爱岗敬业。

我到文联工作的时候我就提出，要发财不要到文联，要提拔也不要到文联——很难提拔。但是你要出作品、成作家、出精品就要到文联。文联是一个半官半民的单位，我记得有个对联：无钱无权无人找，无事无会无人闹。横批：文联真好。所以我们说从事文联工作，从事文艺工作，一定要保持良好的心态。心态要平衡，不要攀比，不要埋怨，不要见异思迁。其实从文还是非常好的，非常好！我经常提出，以文交友、以文养身、以文养神、以文养心，最后一句是以文养家。一些文人靠写文章发财了。当年东西他们签约的时候，一个月才几百块钱，现在买了车，省级干部是3.0，他3.2。他们有钱，他们可以买别墅。当然从事文化工作、文艺工作是可以的，但不要攀比，"人家骑马我骑驴，左看右看都不如，回过头来看一看，后面还有走路的"。你的心态要这样。我经常用四句话来鞭挞自己：富贵梦一场，名利纸半张，友情最珍贵，传世皆文章。名利不过是半张纸，留给后人的都是文章。我们要带着这种心态去从事我们的文化艺术工作。

第五，要团结友爱，共同奋斗。

团结就是力量，团结才能出精品、出人才。一个单位不团结，用40％精力去工作，用60％去处理关系，这个单位是绝对搞不好的。我们作家这个队伍如果这样，也绝对形不成核心的。这些年来我们为广西文学艺术界的团结做了大量的工作，也可以说我们整个文艺界团结的氛围是好的，可以做到"一人得奖，大家光荣"、"一人出精品，大家同祝贺"。就应该这样，文人不要相轻，文人要相敬、相爱、相助、相亲，这才是对的。不团结的因素主要有四条：第一条，我们的同志老是羡慕别人，嫉妒别人。"哎呀，他为什么得提拔那么快?"又羡慕又嫉妒。第二条是相处时老是觉得别人对不起自己，自己也对不起别人。“啊呀，他讲话是不是对着我啊？那一句是不是冲着我来的？”勾心斗角的心思太重。第三条是对别人太认真，对自己太认真。什么鸡毛蒜皮的事都要斤斤计较，打个扑克想起来：“哦，昨天玩扑克少加了十分啵，重新打来！”没有必要啦，太认真了。所以说“水至清则无鱼，人至察则无友”。应小事讲风格，大事讲原则。第四条是不该讲的话讲了，该讲的没讲。现在我们在座的每个人，都有一技之长，没有一技之长也就进不了这个队伍。但是一技之长只是你自己的，你不要拿自己的长处和别人的短处来比，应该拿别人的长处来跟自己的短处比。人字为什么一笔长一笔短呢？因为长处长短处短，才成为“人”；如果长处短、短处长，是“入”字，入地狱，入监狱了，不是“人”了。所以我们互相之间，一定要同舟共济，团结就是力量，还要善于宽容，不宽容别人的人不配别人宽容。通过这个把我们的队伍凝聚起来，形成活力，推动和促进我们河池市的文艺事业的发展。

文友们、朋友们，二十一世纪是一个知识和智慧交相辉映的世纪，是一个挑战和机遇并存的世纪，我们文学艺术界肩负着实现中华民族文化伟大复兴的光荣使命。我真诚地希望我们河池文艺界的朋友们、文友们，要抓住机遇，乘胜前进！要把时间用在学习上，把情用在群众上，把心用在沟通上，把劲用在工作上，把悟性用在创作上，把爱用在感恩上，把眼光用在未来上，把力量用在团结上。让我们紧密地团结在以胡锦涛同志为核心的党中央周围，全面落实科学发展观，为实现广西“富民强桂”的奋斗目标做出更大的贡献！

作家是一种使命与天职

——贺广西首届作家节

初夏的桂东大地阳光灿烂，满目绿色，一派生机盎然。在这样美好的季节里，我们广西老中青作家欢聚一堂，纪念毛泽东同志《在延安文艺座谈会上的讲话》发表 69 周年，共同欢度 2011 贺州首届广西作家节！这是广西文学艺术届的喜事，盛事，新鲜的事。我作为文学桂军的一员，此时此刻，感到十分喜悦，格外高兴，无比宽慰，作家终于有了自己的节日！

随着经济社会的快速发展，人民群众生活水平的不断提高，对精神文化生活的需求也越来越高，越来越迫切。由此应运而出现各种各样、各行各业举办的节庆，以丰富人们的精神文化生活。比如教师节、记者节、护士节、西瓜节、米粉节、山水旅游节等等。但是作为意识形态领域主力军的作家却一直没有自己的节日。其实在国外，不少国家有全国性的作家节。前两年，广西作协组团赴泰国参加了泰国的作家节。在泰国，作家享有很高的社会地位，作家节办得很隆重、务实，大家看了都很有感触。于是我们开始筹办广西作家节。创办作家节的目的就是为作家提供交流的平台，研讨作家的创作成果，丰富作家的文化生活，扩大作家的社会影响，增进作家的交往与团结，充分调动作家的积极性，为文化大繁荣大发展，实现文化强桂做出新的更大的贡献！

广西作家队伍从新中国建国之初，到今天文学桂军的崛起，经历了一个从小到大，从弱到强，从不知名到稍有名气的艰难发展过程。由于诸多原因，广西作家队伍起步晚，发展慢，人数少，影响小，广西区作协至今仍是个处级单位，没有专业作家。到上世纪 80 年代初，全国每年的文学评奖，广西仅第二届有一个短篇小说获奖，之后再无人问津。在许多全国性文学论坛上没有广西作家的话语权，中国文坛很难有我们一席之地。直到 90 年代中期，广西实行了作家签约制，在时间上、经费上给作家从事创作予以保证。经过几年的艰苦奋斗拼搏，文学桂军异军突起，“东西”、“鬼子”摘下鲁迅文学奖之后，广西作家挤进了中国文坛显著位子。广西文学创作出现蓬勃发展的大好局面！二十多年广西文学发展给我一个很重要的启示，抓文学同样要坚持以人为本，事在人为，业靠人兴，文靠人作。文化通俗地说，就是以文化人，以文化事，以文化物。文学就是在作文中学，在学中作文，在文学中做人。文学的发展关键在于作家，重要的是调动好作家的积极性，要尊重作家独立创作，尊重作家的劳动成果，尊重艺术的创作规律。只有这样，文学才能保持一种旺盛的、可持续的发展态势!

歌德说:"文学的退步可以表明一个国家的衰落,这两者在走下坡路时是齐头并进的。"当今中国的文学事业如日中天,伴随着经济社会的快速发展,一个中华民族文化伟大复兴的时代就要到来,作为一个社会主义国家里成长的作家,我们要满怀豪情去拥抱这个伟大时代,歌颂这个伟大的时代,献身于这个伟大的时代!作家不是一种职业,不是一种爱好,而是一种使命,一种天职。这个使命就是要使感情成为可见的东西,一种扣动人类心弦和生命息息相关的东西!作家的天职就是把光亮灌注到人的心灵深处,把最美好的事物展示于人的眼帘!正如莫里哀说的:"我们对文学的爱好,主要由于其深长持久的人性关系,一本好书直接产自人生,在阅读时我们就和人生发生广大密切的新关系,从而获致其力量之最终解释!"

过年之际,我送给大家几句话以共勉:人生之所以快乐,不是得到的多,而是计较的少;人生之所以充实,不是拥有的多,而是一直在奋斗;人生之所以幸福,不是过奢华的生活,而是给人们带来幸福!财富不是一辈子的朋友,朋友却是一辈子的财富。其实人的一生只有三天:昨天,今天,明天。借节日之大喜日子,我祝愿文友、朋友、战友们昨天回味无穷,今天尽情发挥,明天更加美好!

祝作家们节日快乐,创作丰收!

2011 年 5 月 23 日

不要忘记为人民做过好事的人

历史是记录过去发生的事情,历史是已逝时空与人世沧桑。每个人都以自己的方式来到人间,然后走完自己的历程,不管什么轨迹,不论功过,不论是非成败,唯有时间和历史知晓,人们只是对翻过的历史之页做出评价。今天,来自区内外的专家学者聚集一堂,在山水甲天下的桂林举办纪念李宗仁先生诞辰 120 周年学术研讨会,是一件很有意义的事情,是对广西历史和历史人物学术研讨的一件实事、好事。

李宗仁先生是我国现代政治、军事舞台上的一位重要人物。他早年加入同盟会,追随孙中山先生领导的资产阶级民主革命,参与推翻清王朝和反对军阀的斗争。他先后投身护国战争,护法战争。他在北伐战争、抗日战争中指挥作战,屡立战功。在他担任第五战区司令长官,驻扎徐州期间,在全国人民的支持下,经过广大爱国将士的浴血奋战,取得了震惊世界的台儿庄大捷,他的抗战功绩永昭史册。在社会主义祖国日益强盛的大好形势下，在中国共产党领导的爱国统一战线的感召下，李宗仁先生在海外居住了16年之后，毅然回到祖国，充分体现了他的爱国精神。他主张国共两党再度合谈，中国问题由中国人民自己解决的主张，表明了他对和平统一中国的立场。

一方水土养一方人。李宗仁先生是地道的广西人。他自幼生长在桂北农村，深受桂北地区道德文化，人文精神的熏陶。他具有广西人特有的勤奋好学、吃苦耐劳、忠君爱国、英勇善战、崇尚仁义、自强不息、真诚质朴、雍容大度的精神与品质。但是由于历史的局限性和他个人的社会经历、政治信仰，在他身上存在着这样或那样的不足。今天，我们对这样一个历史人物的研讨，要用历史唯物主义和辩证唯物主义正确的、客观的、实事求是的分析。既要正视他正面的东西，充分肯定他的历史功绩，也要正确分析和批评他在中国历史上曾经发生的负面的影响。金无足赤，人无完人，一个人是一个历史存在，不可放大，也不能缩小。在人类社会历史的天平上，每个人都是一颗砝码，他的位置和分量应当由历史来评判。因此要用历史的眼光，客观地审视和评判每一个历史人物！今天我们在李宗仁先生诞辰120周年之际，开展对他的学术研讨，希望同志们能对他有一个正确的、科学适度的评价！

为人民做过好事的人，人民是不会忘记的。李宗仁先生一生，青春戎马，晚年黄花，他在北伐战争，抗日战争中指挥作战，立下了战功，在主张和平统一祖国。晚年从万里海外回国定居，在广西执政期间，做过不少好事、实事，这是值得人民称赞和纪念的！桂学作为广西历史、文化研究的综合学问，广西的文化地标、主研究对象是在广西本土发生的重大历史事件，重要的历史人物，广西籍人在区外形成的学说，外籍人在广西形成的学说，少数民族文化等等。对李宗仁先生包括新老桂系的研究，是桂学研究的重点对象和重要内容，是义不容辞的责任。这次学术研讨会是一个很好的开头，我们相信经过与会同志们的共同努力一定会取得丰硕成果！

2011年12月13日

以桂学研究助推文化强桂

——学习贯彻党的十七届六中全会精神的体会

党的十七届六中全会指出，优秀传统文化凝聚着中华民族自强不息的精神追求和历久弥新的精神财富，是发展社会主义先进文化的深厚基础，是建设中华民族共有精神家园的重要支撑。广西是一个有着悠久优秀传统文化的地区。千百年来，广西文化作为岭南文化的核心，从来没有与中国文化主流有过离心力，而且一直堪称维护中华文化统一的中坚力量，是中华民族优秀传统文化的组成部分，成为广西各族人民的根基及精神生活之源。

桂学是以广西文化研究为对象的地域文化学理，是以广西社会、文化、思想、艺术、科技、工艺等为研究内容，具有广西特色的一种理念和学说的总和。在当今各种思想文化交流、交融、交锋频繁，文化在综合国力竞争的地位和作用更加凸显的新时期，在当代我国处在千帆竞发、百舸争流的改革开放大潮中，加强桂学研究，对于提高广西的文化自觉和文化自信，占领文化制高点，把握发展主动权，推进实现自治区党委“富民强桂”的宏伟目标，有着积极的意义和重要的作用。

加强桂学研究，提高广西的文化自觉。党的六中全会把文化建设提高到全党的重要工作议程，这充分体现了中国共产党的文化自觉和文化自信，在世界上进一步强化中国文化属性、文化特征和文化形象，让世界更好地了解中国，从更深、更高、更感性的文化层次上认识和把握中国。这是一种英明、睿智的决策。文化自觉，就是对自己的文化有自知之明。广西的历史文化十分丰厚渊博，在五万年前的旧石器时代晚期，就有“柳江人”和“麒麟山人”在这片土地上劳作繁衍生息；秦统一岭南后，开凿灵渠，把长江、珠江两条水系连接起来，促进了广西与中原经济、文化的交流；汉代，合浦港已经是当时海上丝绸之路的始发港之一；宋代，广西出现了与交趾客商进行货物交换的博易场、通往西南的茶马古道；一千三百多年的科举制中，广西有十二位状元，三位状元及第；在抗日战争时期，桂林成为中国文化名城，汇集了全国文化精英；在当代，广西打造了刘三姐、漓江画派、八桂书风、南宁国际民歌艺术节、文学桂军等文化名片，这些元素构成了独具特色的八桂文化，即桂学研究的重要内容。通过桂学研究，把广西文化家底搞清楚，使我们在文化地位认知上、规律把握上、发展重点上、责任担当上高度自觉，积极推动文化大发展大繁荣。

加强桂学研究，弘扬地域人文精神。六中全会指出，优秀传统文化是新时代鼓舞人民前进的精神力量。无数事实证明，时代社会没有相应的人文精神，那么人们内在的精神支撑就会倒塌，就会惶惶不知其所以然。桂学研究的重要任务之一，就是通过对广西人文精神的研究，为实现“富民强桂”提供有力的精神力量。千百年来，伟大的中华民族精神植根于民族历史的土壤之中，生生不息，薪火相传，光彩夺目，普照人间。在中华民族精神熏陶下，在长期生产、生活斗争实践中，逐步历练，形成了广西的人文精神，诸如广西人“锲而不舍，金石可镂”的刚健有为、自强不息精神，“忠君爱国，英勇善战”的爱国主义精神，“崇尚仁义，好客热情”的雍容大度、包容豁达的宽容精神，各少数民族“和睦相处，互帮互爱”的友善真诚团结精神等，新中国成立以后，在社会主义建设和改革开放中，广西各族人民用智慧和生命谱写了一幅幅壮丽的、崭新的民族画卷，这些都是广西各族人民最宝贵的财富。文化是人类灵魂的神圣标识，不同时代的人从这里可以相互了解和鼓舞。民族的生命力包括它的文化精神。通过桂学研究、挖掘、提炼、培育这种人文精神，将有力地推进社会主义精神文明建设。

加强桂学研究，着力打造广西文化精品。历史上，桂人创造了丰富而深厚的文化，如以歌仙刘三姐为代表的山歌文化、以北部湾为载体的海洋文化、以西江流域为载体的宗教和龙母文化、以左右江革命根据地为代表的红色文化、以桂北青山绿水为载体的生态文化，这些文化现象、文化元素为我们打造文化精品提供了丰富的资源。新中国成立以来，特别是改革开放以来，我们成功打造了大型实景演出“印象·刘三姐”、“漓江画派”、“八桂书风”、壮族音乐“呢的呀”、舞剧《妈勒访天边》、壮族歌剧《壮锦》、民族音画《八桂大歌》等等，铸就了广西独特的文化品牌。特别是改革开放以来，各地注重在旅游开发中注入文化品牌，围绕开发特色文化旅游，建设重点文化旅游项目，成功地举办了“南宁国际民歌艺术节”、“河池铜鼓山歌艺术节”、“三月三歌节”、“梧州宝石艺术节”、“瑶族盘王节”、“仫佬族依饭节”等，打造了一系列旅游文化精品。在城市建设中融入了广西本土文化的个性，把民族文化作为城市的灵魂。梧州市整修了南方骑楼文化街区，桂林两江四湖，柳州文庙等，成为一个别具特色的景观文化品牌。这些品牌都是立足于广西本土的文化资源、文化元素，经过加工、提炼而成的。只要我们大胆创造，重视科学，遵循规律，就一定能打造出无愧于时代、无愧于人民的艺术精品，推进广西文化的大发展大繁荣，实现文化强桂的目标。

加强桂学研究，提高文化创造力。六中全会指出，建设社会主义文化就是要不断开创全民族文化创造活力持续迸发。这为我们实施文化强桂战略指明了方向。要通过桂学研究，广泛深入地挖掘广西文化资源，把握广西文化特点，全面认识广西地域文化，在这个基础上，取其精华，古为今用，在保护、开发、利用中创造文化产品，创建文化产业。在文化创新中要加强对广西本土文化思想价值的挖掘和阐发，保持和维护本土文化的民族基本元素，注入现代和时代的文化元素，加强文化遗产保护，对具备开发潜力的民间、民族文化遗产要加快展示方法创新、传播手段创新、保护传承方式创新，使广西地域文化在保护中开发，在开发中创新，在创新中传承。要把改造提升传统文化与新兴文化产业结合起来，把打造精品生产与打造自主品牌结合起来，鼓励创意、创造、创新，努力建设广西文化创新先导区、新兴产业集聚区、文化创新发展示范区，以推动文化产业大发展。

以更广阔的历史视野、更远的战略眼光、更有力的措施进一步加强桂学研究，在新的历史时期，在文化的战略地位和作用越来越凸显的新的形势下，已经超越了一般意义上的学术研究。从文化发展战略上看，桂学研究将成为广西文化可持续发展、壮大广西文化产业的重要支撑。正是基于这种精神，我们要在贯彻党的十七届六中全会精神中，具体地、全面地抓好桂学研究，为实现文化强桂的伟大战略目标做出新的更大贡献。

关于当前文艺创作的思考

一　关于当前文艺创作面临的机遇与挑战

我们通常讲挑战和机遇同在，困难和办法共存，当前我们文艺创作的形势的确是这样，形势很好，机遇很大。机遇表现在以下几个方面：

第一，当前从党中央到区党委，到各市委、县委，都高度重视文化，文化已经列入了“十二五”计划的重要内容。更重要的是今年是中国共产党建党90周年，我们党总结90年来的历史，前30年是夺取政权，中间30年是巩固政权，第三个30年是实现中华民族的经济腾飞。这三个30年都实现了我们党伟大的奋斗目标，据专家分析，今后的30年将是实现中华民族文化的复兴的30年，只有实现中华民族的文化复兴，才能实现中华民族的伟大复兴，所以现在中央的举措、战略都体现了这个思想。因此当前是我们抓文化、抓文艺的一个非常重要的机遇，这不仅仅是文化的春天，而是将近半个世纪的文化复兴，将列入我们党和国家的重要战略。

第二，从全国和广西的经济发展来看，已经取得了伟大的胜利，经济发展为文化发展提供了丰厚的物质基础和资金保证，这是过去文化发展不可比拟的条件。我在当宣传部长的时候，对“文化搭台，经济唱戏”提出了不同的看法，更重要的应该是经济给文化搭台，文化才能把戏唱好，然后文化反哺经济。

第三，我们已经培养了文化的精锐部队，文学桂军、戏剧精英等等，实践证明这支队伍具有相当强的战斗力。现在我们的作家、艺术家可以说已经挤进了中国文艺队伍的第一梯队，过去我们经常要邀请别人进来，现在外面请我们的文艺家出去帮助创作，可见我们的文艺家在全国有名气、有影响、有地位，这是我们不可低估自己的。

第四，随着人们生活水平的提高，文化消费也在提高，文化需求不断增多，为广西的艺术市场提供了广阔的天地。由于有这样一个环境，我们从事文艺创作的同志有一种创作的冲动，所以为什么这几年我们创作的文艺作品这么多，得了这么多奖，都是由于这种冲动。我经常讲：一个人有了激情、冲动，就有了智慧，有了智慧就有了力量，有了力量，就能成功。

所以我们现在面临的机遇很多，但是我们想一想，从我们现实来讲，还面临着挑战，而且是严峻的挑战，表现在下面几个方面：第一，随着社会的进步，人们审美能力的提高，对文艺作品的要求也越来越高，口味也越来越挑剔，需求量也越来越大。

可以说我们现在的文艺作品还不能满足群众多层次、多方面、多样化的需求，这对我们从事文艺创作的人来说就是一个挑战。第二，由于市场经济的负面影响，文艺作品在内容、形式上都存在不适应需求的情况。就像今天上午文艺家代表发言讲的，得大奖、唱得开、传得响的作品不多，精品佳作更少，一般的作品很多。很多戏只能在邕江边演一演，过不了长江，这些作品属于低层次的重复。特别是现在，一讲文化就是搞“节”，文化不是光搞节啊！而且同志们想一想，我们古代传下来的节日，不是要吃东西才过节，而是因为有了故事、有了文化，才形成一个节，才去吃东西。端午节不是为了吃粽子才过节，而是为了屈原的故事；八月十五不是为了吃月饼才过节，而是因为嫦娥奔月的故事才有这个节。现在我们广西把节庆低俗化、庸俗化、肤浅化，有芒果，就过芒果节，不种芒果了，这个节就没有了，有香猪搞香猪节，有辣椒吃过辣椒节，这些节既浪费了大量资源，又是低层次重复，这是我们文艺创作需要思考的问题。第三，随着数字技术、网络技术的发展，把我们引进了一个全新的视觉传播的新时代，于是有了所谓的“眼珠艺术”。而我们现在很多创作还停留在原始的、传统的创作上。广西的动漫创作是滞后的，网上文学创作也是滞后的，建立全新的传媒对我们传统的创作是一个挑战，我们要去适应，还有，我们面临着国际文化市场的激烈竞争，我们怎么应对？这都是我们在创作上需要思考的问题。中国文化要强势，强在哪里？就是要有强人、强作品、强的传播手段，才能强势。为什么英语能够在全世界得到广泛的使用？为什么美国的大片、软件被广泛引进？就是因为他的强势。所以我们的文化要强势，就靠我们这些具体操作的同志努力。第四，由于经济发展不平衡，对文艺创作和文化发展的投入上千差万别。有些是穆铁柱和潘长江的关系。这个不平衡，带来了广西整体文化的不平衡，各个文艺创作之间的生活待遇、工作环境的不平衡。第五，我们有一批成熟的、成绩突出的、经验丰富的各门类艺术家，随着时间飞逝，一些老文艺家的精力、能力、体力都受到影响，如何调动这些人的积极性，调动老中青三代文艺家的活力，这是我们要思考的问题。我们广西这些年来舞台艺术的创作、文学的创作可以说达到了广西历史水平的最高，我们毫不夸张地说，广西现在是全国的戏剧强省，文化大省，但是这个名誉在我们的年代能留多长时间呢？事物的发展都有个兴起、发展、灭亡的过程，我们的高峰能持续多久，这需要我们考虑。所以必须有一批潜质优秀、基础良好的青年艺术家补上去。这是我们培养的当务之急。所以这次大面积的创作活动，我看其中目的就是使我们的队伍薪火相承。这些问题都应当值得我们去面对。

二　关于当前文艺创作的建议

第一方面，我们的文艺创作一定要坚持把促进文化发展作为文艺创作的根本出发点。我们下这么大的力量，开这个会，搞集团军的创作，其目的就是为了推动广西文化的整体发展。

我曾经提过，什么叫文化？文化就是以文化人，以文化事，以文化物，国民之魂，文以化之，国家之神，以文筑之。一个地方，如果文化立不起来，这个地方就没有共同的行动；一个民族，民族文化立不起来，这个民族就没有精神支柱。所以我们要通过文化创作的活动，来展示广西文化的丰厚底蕴、广西人的素质和广西文化的成果。通过这些行动把广西的文化自信竖立起来，把广西人的文化形象树立起来，把广西的文化资源整合起来，这样才能达到我们文化的整体发展。一个时代的繁荣昌盛，文化是重要的表现。文学艺术的繁荣发展，是社会进步、时代发展的标志。有领导讲，广西的文化优先于经济的发展，我看这句话是实事求是的。

第二方面，要坚持把文艺创作活动作为文化工程来抓紧、抓好、抓出成效。我们当初搞“五个一”工程等等，都是按照“工程”来抓的，所谓“工程”就是有规划、有设计、有具体项目、有项目的负责人，要达标、验收等等，因为文艺创作是个复杂的过程，不能随便说怎么样就怎么样，要尊重艺术规律，所以我建议：首先，各个门类、各个剧团、各个协会的创作兵团式的活动都要有自己的规划，壮剧团、广西歌舞剧院等等在两年内抓一个大的东西，不要散兵、不要撒胡椒面，我们壮族自治区成立了五十多年，但真正壮族的东西拿不出来，刘三姐不是壮族的，《赶圩归来阿里里》是彝族的，只有《壮锦》才是地地道道壮族的。所以我建议歌舞剧院在两年内抓一个能够在国内外演出，在各种场合表现的壮族的歌舞，推出来。瑶族是广西的特有民族，广西有十二个瑶族自治县，但没有一台瑶族的节目。这些都要有规划，不是脚踩西瓜皮，溜到哪里算哪里。第二，要组织力量，形成团队。进行集体攻关，在两三年之内拿下一个大东西来。《八桂大歌》《壮锦》都是创作了两三年才搞出来的，不是哪个领导今天说明天就拿出来的。而且这些力量可以调动外资、外脑来帮助我们。但是，还是要以主体、本土力量为主。招来的女婿可以用，但还是要把自己的儿子培养好。《壮锦》全部是我们广西人搞的，而且得奖了。第三，要全面调动全区的文艺生产力量，采取老中青相结合，专业业余相结合，城市乡村相结合，城市调动农村，这次会议的目的就是把签约文艺家之外的文艺人才调动起来，把工程抓好。第四，要坚持以突出抓好主旋律创作为主，全面推动创作题材的开发、利用。毛主席说过，人的生活中本来就存在着文学艺术原料的矿藏，这是自然形态的东西、是粗糙的东西，但这又是最生动的、最丰富的、最基本的。广西应该说是文艺创作的富矿区，这些年我们进行了一些稍微深入的开发，就出了很多好成绩，所以我们对广西文艺创作的题材，要用第三只眼睛的视角来考虑，要跳出广西看广西。这可能对身在福中不知福的人来说是个启发。现在很多外来的文艺家，都认为广西创作题材很丰富，但我们身在其中，就麻木了。所以，我想我们应当搞出一两个全国有影响的。山东一个《闯关东》，山西的《走西口》、《乔家大院》，就把山东人、山西人的精神和品质都展示出来了。我们文艺家能不能考虑抓一个东西，展现广西人的特点。广西人是很了不起的，英勇奋战、艰苦奋斗、聪明机智、宁死不屈，粟裕将军有个回忆录讲到共产党和国民党打仗的时候，有两支部队需要重视，一支是美式武装的，一支是讲广西话的，如果一支队伍既是美式武装又讲广西话，那我们打不过。所以我们应该通过这些来展示广西人的精神状态。我经常用《壮锦》里形容矮马精神的两句话来形容广西人的精神：短短的腿走长长的路，矮矮的身爬高高的山。李纪恒书记讲：再加一个横额坚忍不拔。所以抓一抓我们的历史题材和民族题材，都能够有所突破，能够影响力大，能够展示广西人的精神风貌。广西的一些历史人物刘永福、冯子材、李济深等要抓。所以桂学的广告是广西不得了，文化强桂，桂学宣言就在高速公路上。广西文化应该不得了，应该这样。找出全国有影响的大的作品来。第五，坚持营造良好的创作环境，让创作人才脱颖而出，精品力作不断涌现。创作环境非常重要，过去这几年能够出作品、出人才，主要是我们提供了良好的创作环境。环境好，人才聚，人心齐，精品出；环境差，人才散，人心涣，作品差。环境包括了人文环境、工作环境、生活环境、社会环境，所以我们搞兵团式的创作动员大会，必须要有一个良好的环境。首先要创造一个良好的工作环境。我建议各市的局长、文联主席回去向领导汇报，今天这个会应当是广西文艺创作的誓师大会、动员大会、具体落实的大会。在各个市县都要形成一定的创作氛围，那么整个广西的梯队就出来了。一定要打破轻视人才、轻视文化，不重视文艺创作的倾向。现在领导的浮躁之风，肤浅之风很多，觉得抓文化是长线的，对他仕途不利，所以不重视，所以我们要在开发领导层上下功夫。我们文化工作和文联工作就两句话：开发领导层，感动有钱人。带动领导，带动社会。

第三方面，要不断扩大作家、艺术家的活动空间，提高他们的政治地位。让他们接触高层，参与重大事件的讨论，让他们在中间感受党的政策，了解党的意图，体会在决策中的思想。有些省搞得很好，有些作家体验生活就是到一些地方去担任决策层。

第四方面，要在全社会形成尊重劳动、尊重知识、尊重人才、尊重创新，鼓励超越，宽容失败的良好社会氛围。这样人才才能出来。

第五方面，建立一个精品奖励机制。刚才余厅长讲了，要成立一个艺术委员会，我非常赞同。因为我们两家毕竟是两个单位，成立一个综合的艺术委员会，负责艺术创作的评估和奖励，培养人才的措施，所以这次我们大兵团开会就要建立这样一个机制，即在艺术委员会领导下的项目带头人签约制。

作为文艺工作者，我们正逢一个好的时代，我们要以清醒、学习、用心、创新、奉献的态度共勉。一是清醒，我们的文艺创作是在社会主义国度、在共产党领导下从事的创作，所以我们每一个作家、艺术家头脑必须保持高度的清醒，这点是不能动摇的。要有政治意识、责任意识、大局意识。越是复杂的形势，越要保持清醒的头脑。这是我管宣传文化十五六年得到的一个非常重要的结论。什么样的价值观就有什么样的文化立场、文化取向、文化选择，所以我们要坚持大事面前不糊涂，关键时候要站得住。我们在创作中提倡什么、允许什么、限制什么、反对什么，都应该心里有数。但我们不会干涉文艺家的创作。二是学习，学习对每个人都非常重要，不管你水平多高、多有本事，都要坚持学习。现在科学技术发展那么快，信息那么丰富，不学习就赶不上。所以希望任何人任何时候都应该加强学习、自觉学习，厚积薄发，特别是作家艺术家要到实践中学习，到群众中学习，要向前人的成果学习，来丰富自己。三人行必有我师。昨天有个代表讲，不要把自己不当一回事，也不要把自己太当一回事。个人的能力是有限的，有这样的心态对待自己和事业，就能不断的提高。三是用心，心字对每个人都非常重要，一切从心开始，用情串连，最后归根于德，所以我们从事文学创作必须专心致志，用信心、善心、诚心、良心对待艺术，对待每一个人，对待作品。用心就是在创作上排除一切干扰，一个人带着私心去干事情，肯定出不了成就。用心还要擅于去观察事物，透过现状看本质，从微观看宏观，从感性到理性，一个作家、艺术家要有三个能力，观察能力、想像能力、表达能力，只要有这三种能力，即使你不是艺术家，也是一个有文化的人。四是创新,创新是文化本质的特征。一部人类文化的发展史,就是一部文化创新史。当今文化的发展,创新制胜,内容为主。要把创新当成一种信念、一种追求、一种时代的召唤。创新要把体现党的主张和反映人民心声统一起来,不能盲目创新,要把丰富的内容和有效的形式题材统一起来,要把传统的创作方式和手段与现代科技传媒发展统一起来,离开这三点创新就是无本之木,无源之水。希望广西这两三年大兵团的创作活动能在创新上有所突破。最后一句话,奉献。作为文艺家,要先做人,后做文。文品立业,人品立身,精品立世。一切文艺作品都要讲究两个效益,社会效益和经济效益,在社会主义国度,当两个效益矛盾的时候,宁可牺牲经济效益也要维护社会效益,这也是我们党的宗旨。我们要树立正确的人生观、价值观、伦理观。舍得,就是有舍有得,不舍不得,大舍大得。一个作品,如果钻到钱眼里去创作,可能就带着铜臭味了,所以还是要讲奉献,为人民做一些有益的事情。每个人都应该这样。美协启动广西重大历史题材工程,这些画家都非常有奉献精神,他们画一幅十几、二十平方米的油画,在外面卖得很贵,但我们只能给十几万,但这些同志争着参加,他们认为这个工程很有意义,能够为后人展示广西的历史,这是功在当代利在千秋的事业。

一个时代,一个地区的文化大厦,必须有一批文化大师和一批传世作品来支撑,一个民族的灿烂文化,必须有一批泰斗和巨匠来代表,一个国家文化的繁荣昌盛必须有一批领军人物和经典作品来领衔，我们现在文化发展和艺术创作正处在一个鼎盛时期，我们一定要抓住机遇，趁势而上，组织成一支浩浩荡荡的文学艺术桂军，集合文化发展的力量源泉，用我们的激情、真情、友情、爱情，书写出无数时代的篇章，以丰硕的文艺成果，为时代的文艺大厦添砖加瓦、增色添彩，为实现文化强桂的宏伟目标做出贡献。每个人都有梦想，但梦想这个词是一个天真的词，实现梦想是一个残酷的过程，但是我们应当义无反顾地排除万难，艰苦奋斗，去实现我们的文学艺术的梦想。

2011 年 4 月 13 日

《红豆》与散文、诗歌创作

——在《红豆》散文、诗歌十家创作座谈会上的讲话

各位文友、朋友：

今天能应邀参加《红豆》杂志社举办的微型散文、诗歌创作座谈会，能见到不少老文友，结识一些新文友，我感到格外高兴。刚才同志们作了很精彩的发言，都谈了对《红豆》的印象和自己创作的经验，我听了很受启发。作家之间的交流沟通很有意义，因为文学创作大多是个体力劳动，如果经常办这样的沙龙，作家之间通过交流，相互影响，相互学习，相互碰撞，会有很多火花，很多创作的灵感，达到共同提高的目的。一个充满自信，充满智慧的作家，不会拒绝同别人的交流。好的创作成果无不受益于交流，交流从来不是单向的，而是双向影响。有哲人说，和一个有学问的人交谈，双双得利，他多了一个崇拜者，你多了一份知识。

关于《红豆》杂志，这本作为纯文学的文艺期刊，在市场经济大潮中经过了很长一段时间的艰难探索，有过被人冷落，有过濒于死亡，有过被人抛弃。到了本世纪初，她终于挺过来了，走出一条别具特色的办刊路子。用六句话来概括，就是“保持南国特色，坚守纯净文学，着力推出精品，立足培养新人，形成读者群体，社会经济双赢”。本着这个办刊的宗旨，他们克服种种困难，在人手少、经费缺、组稿难的情况下，积极创造条件开展了一系列活动：出版散文、诗歌作家专辑，举办文学讲座，评选优秀作品等等。《红豆》的崭新面容展现在读者面前：精美亮丽，精致高雅，精品可读，精神可嘉。《红豆》能走到今天，充分证明了对事业执著的兴趣会使人变得勇敢无畏，一往无前地踏着困难走，迎着障碍行，创造出罕见的奇迹。

关于散文和诗歌的创作，我作为一个散文、诗歌爱好者，也写过不少作品，过程中自己也有不少感觉与感情，细读了《红豆》推出的散文、诗歌十家作品，又顿生许多感想与感悟。这里想提几个概念，供文友们参考，也算是抛砖引玉吧。

——散文、诗歌创作，必须着力创造自己的风格，风格就是性格、品格、人格。总的来说，一个作家的风格是他内心生活的准志。所以一个人如果想写出明白的风格，他首先就要心里明白；如果想写出雄伟的风格，他也首先就要有雄伟的人格。

——散文、诗歌创作，必须有一种精神，一种激情。文无精神，便如槁木，人无精神，便如死灰。我们讲的精神，就是精、气、神，要有一种昂扬向上的精神状态，给人们一个阳光、朝气的印象。文章当以理致为心肾，气调为筋骨，事义为皮肤，华丽为冠冕。诗人的思想如果只是一个冰冷的、模模糊糊的、没有诗的激情的抽象观念，它就是停留在诗的领域之外。

——散文、诗歌创作，必须有真挚的情感。作家越是从心灵深处汲取感情，感情越是恳切真挚，那么他就越是独特的。文章因为情感真所以美，因为情感美所以善，因为情感善，所以文章自然高，自然动人。歌德说，要是只能表达自己那一点点主观感情，他是不配称为诗人的，只有当他能驾驭世界和表达世界的时候，他才是个诗人。

——散文、诗歌创作，必须注重生活的积累。谁要描写人和生活，谁就得亲自熟悉生活，而不是从书本上去研究它。作家要深入生活，在身入生活时，更要心入生活，进到群众的门坎，更要进入群众的心坎。创作灵感是在接触生活中，在劳动过程中产生出来的。人生是个大战场，作家是个随笔记者，要当好记者，就得深入到战场之中去。

最后，我想告诉文友们，写作是枯燥的、艰难的、痛苦的，可是我们手中的笔是“活”的，用好手中的笔写出的文章，那是幸福的、快乐的。希望大家努力地书写吧！“一日不作诗，心凉如废井”“不著一字，难得风流”。用最丰硕的成果，来体现作家的人生价值。

2011年8月16日

掀起新时期文艺创作的新高潮

——在全区文艺创作会议上的讲话

去年，经自治区文化厅和自治区文联领导班子的商议，决定向财政申请经费，组织力量，精心策划，开展一次全区性的文艺创作活动，以优秀的文艺作品，向党的90周年华诞献礼！以各种艺术形式赞美祖国，彰扬社会主义的优越性，反映中华民族的伟大复兴和各族人民昂扬向上的精神风貌，进而彰显广西丰厚的文化底蕴和绚丽多彩的地域、民族文化。这次创作活动亦是“文文”合作的最好形式，是整合、开发、利用好全区文化资源的最好办法。我相信通过这次联合发起的文艺创作活动，一定能取得丰硕的成果，为实现“富民强桂”、“文化强桂”的宏伟目标做出更大的贡献！

一　关于当前文艺创作的形势

进入21世纪之后，在党中央和自治区党委的正确领导下，文艺发展与改革开放同步，与社会发展同步，与时代的需求同步，取得了令人瞩目的成就。文化产品数量持续增长，精品力作不断涌现。就广西而言，文学创作成果丰硕，实现了“鲁迅文学奖”零的突破，各类文学作品迭出，全国性的评奖活动榜上有名，已经建立起一支浩浩荡荡的文学新桂军。舞台艺术在全国称雄，囊括各类舞台艺术奖项，实现了“戏剧强省”的奋斗目标。音乐、舞蹈佳作不断涌出，电影电视艺术生产成绩辉煌，美术创作展览活动频繁，“漓江画派”名扬区内外。书法艺术异军突起，“八桂书风”发展势头良好。民间艺术、文艺理论评论长足发展。八桂大地呈现出一派艺苑百花齐放，文坛气象万千、蓬勃发展的生动局面！

但是，当前文艺创作还面临着一系列新的情况、新的课题、新的挑战。随着社会的发展进步，人们审美能力的不断提高，对文学艺术作品的要求越来越高，口味越来越挑剔，需求量越来越大。而我们的文艺创作，从数量和质量上都满足不了人民群众多层次、多样化、多方面的文化需求。由于市场经济的发展，文艺作品的商品化不断凸现，文艺创作内容上面临着如何适应市场需求的严峻考验。如何处好社会效益与经济效益的关系，是一个作家艺术家必须面对的问题。发行量、收视率、票房收入、销售额等可以作为衡量文艺作品社会影响的指标，但决不能当作唯一的指标。对这些数字的过度追求，将会误导文艺作品“货币化发展”，导致文艺创作为了迎占市场而忽视对思想内容的追求，从而使高雅艺术流于低俗、媚俗甚至庸俗。随着数字技术、网络技术的迅速发展，使人类进入了一个视听传播的新时代。动漫创作，网络文学艺术创作的兴起，对传统的文艺创作是一个很大的冲击，我们的一些作家艺术家在思想上、行动上、观点上和技术上都跟不上形势发展的要求，特别是面临激烈的国际文化的冲击和竞争，有的作家、艺术家措手不及。一批成就突出，经验丰富的各个门类的作家艺术家，年事已高，精力不足，作品递减。如何培养出一批潜质优秀，基础较好的青年文艺人才是当务之急。但这方面的办法、措施和有效途径不多，有的地方将面临着青黄不接的形势。这些问题，都是当前文艺创作中必须正视和认真解决的问题。

二　关于当前文艺创作的一些建议

这次我们集中一定财力调动全区文艺创作力量，兵团式的开展文艺创作活动，在我区文化发展史上是不多见的。因此，必须精心策划，周密安排，有组织、有领导、有计划、有政策地进行。要用科学发展观统领文艺创作，把科学发展观的基本内涵、要求贯穿到文艺创作的全过程，落实到具体的实践中，在具体工作上建议抓好以下几个方面：

一是坚持把促进文化发展作为文艺创作活动的根本出发点。文艺是文化的重要组成部分，是文化繁荣发展的具体表现。“国民之魂，文以化之，国家之神，以文铸之”。“文化”，我理解是以文化人，以文化事，以文化物。所谓“化人”就是把人的素质“化高”、“化强”，“化事”、“化物”，就是让事物发展中多一些文化元素、文化氛围。而文艺作品最能体现文化的这种功能。文学艺术创作的繁荣，众多经典作品的涌现，往往成为时代进步和社会发展的标志，成为民族精神的火炬。我们不可忘掉这个伟大的使命！

二是坚持把文艺创作活动作为一个文化工程来抓，分类指导，整体推进。文学艺术创作是一个艰苦复杂的过程，既是个体的脑力劳动，又是集体的体力劳动；既可利用零星的时间进行，又可以集中时间开展；既是一个短期的行动，又是一个长期的工程。我们这次组织创作活动，应当把它当作一个文化工程来抓。所谓工程，就是有规划，有设计，有经费，有施工，有检查，有验收，有奖励。因此各个门类，各个文艺团体，各位作家艺术家都要有自己的规划。有了规划就要按规划组织力量实施，形成一个工程队伍，一项项地抓，一件件地落实，最后拿出作品。像前些年我们抓“五个一工程”一样，抓深、抓细、抓实、抓出成效来。

三是坚持以突出主旋律为抓手，全面推动文艺创作题材的整体开发。毛主席说：“人民生活中本来存在着文学艺术原料的矿藏，这是自然形态的东西，是粗糙的东西，但也是最生动、最丰富、最基本的东西。”广西是一片美丽神奇的土地，千百年来，我们的先民用勤劳的双手和聪明才智缔造了绚丽多彩的八桂文化，给我们留下丰厚的文化遗产。广西是一个具有取之不尽，用之不竭的文化资源富矿区，现在关键是我们如何挖掘、开发、利用。比如在历史上发生过很多重大的历史事件，出现过许多重要的历史人物，在近现代也有很多值得大书特书的人和事，还有各民族生动的故事，浓郁的民族风情、风俗等等，都是文学艺术创作的题材、素材，只要我们认真、细心、深入地挖掘，一定能创作出一批经典的传世作品。这也是广大人民群众和各级领导同志所希望、所期待、所要求的！

四是坚持营造良好的创作环境，让文艺人才脱颖而出，精品力作不断涌现。文艺创作有一个良好的创作环境十分重要，环境好，人才聚，人心齐，精品多；环境差，人才散，人心涣，作品少。我们讲的环境，就是人文环境、创作环境、生活环境、社会环境。要坚决破除轻视人才，论资排辈，求全责备的陈旧观念。从感情上调动所有的文艺人才的创作积极性，扩大作家艺术家社会活动的空间，让他们接触高层、高端，接触重大的经济决策，给他们提供更多体验生活的机会和平台；要在全社会形成尊重劳动，尊重知识，尊重人才，尊重创造，尊重艺术规律，鼓励超越，宽容失误的社会氛围，形成人尽其才，才尽其用，各类文艺人才竞相涌现的生动局面；要建立文艺精品的评估、奖励的激励机制。建议成立广西艺术委员会，负责组织、协调文艺创作活动，评估、奖励文艺作品。建立艺术委员会领导下的文艺创作项目带头人签约负责的管理机制，努力实现文艺作品“夺大奖、走市场、传得开、打得响”的社会和经济“双效”俱佳的目的。

五是坚持文艺创新的时代精神，不断提高文艺作品的艺术性、思想性和可视性。创新是文化的本质特征，一部人类文化的发展史，实际上就是一部文化的创新史。当今，文化发展，创新制胜，内容为主已经成为时代的要求。我们一定要把文艺创新作为一种信念，一种追求。在文艺创作过程中，努力把体现党的主张与反映人民心声统一起来，把丰富的内容和有效的形式、体裁统一起来，把传统的创作方式、手段和现代社会科技传媒发展统一起来。要大胆进行文艺理论、文艺体裁、文艺表现形式、文学语言的创新。同时善于利用现代的传媒手段，善于利用新型文化载体，善于利用群众性创造和社会实践活动的成果，不断丰富自己，提高自己，创作出更多更好的文艺作品。

一个时代，一个地域的文化大厦，必须要有一批大师和精品力作来支撑。一个民族的灿烂文化，必然有一批泰斗和巨匠来代表。一个国家的文化繁荣昌盛，必然有一批领军人物和传世经典来领衔。今天，我们文艺发展正处于一个鼎盛时期，如日中天，我们要抓住机遇，趁势而上，组成浩浩荡荡的文学艺术大军，激活文化发展动力源泉，用我们的激情、真情、友情、爱情书写出无数时代的篇章，为实现“富民强桂”的宏伟目标，为中华民族的伟大复兴，贡献力量！

新时代文学之路越走越宽广

党的十七届六中全会为文学艺术发展指明了方向，提供了难得的机遇，开辟了广阔的天地

党的十七届六中全会是在重要的时期召开的重要会议，讨论了重要的议题，做出了重要的决定，进行了重要的部署。这是中央的重大战略决策。何谓战略决策，战略决定就是事关国家、民族生死存亡的问题，关联厉害关系的问题，决定伟大事业成败的决策。

十七届六中全会的伟大意义在于：

一是党的十七届六中全会在我们党历史上有三个第一次：第一次完整地全面地研究文化发展问题；第一次提出了走中国特色社会主义文化发展道路；第一次响亮地提出建设社会主义文化强国，吹响了中国民族文化大发展大建设的动员号，迈向了建设社会主义文化强国的伟大征程。这是一个千载难逢的机遇。

二是全面、准确、权威地确立了文化在国家发展中的地位和作用，具体地阐述了建设社会主义文化强国的内涵。十七届六中全会决定指出，当今世界正处在大发展、大变革、大调整的时期，文化在综合国力竞争中的地位和作用更加明显。维护国家文化安全任务更加艰巨，增强国家文化软实力，中华文化国际影响力要求更加紧迫。这是从国际发展形势上阐明文化的地位和作用。

当代中国进入建设小康社会的关键时期，和深化改革开放加快转变经济发展方式的攻坚时期，文化越来越成为民族凝聚力和创造力的重要源泉；越来越成为综合国力竞争的重要因素；越来越成为经济社会发展的重要支撑。丰富精神文化生活越来越成为我国人民的热切愿望。这是从国内经济、社会发展形势上阐明文化的地位和作用。

六中全会《决定》指出：建设社会主义文化强国，就是要着力推进社会主义先进文化更加深入人心，推动社会主义精神文明和物质文明全面发展，不断开创全民族文化创造活力持续迸发，社会文化生活更加丰富多彩，人民基本文化权益得到更好保障，人民思想道德素质和科学文化素质全面提高的新局限性面，建设中华民族共存的精神家园，为人类文明进步做出更大贡献。鲜明阐述了要建设什么样的文化强国。

三是确定建设社会主义文化强国的目标和远景。目前我国文化产值才占国民生产总值的 2.78%，广西则只是 1.88%，而美国已高达47%。十七届六中全会明确提出，我国2016年文化产值要占国民生产总值5%，2020年文化生产总值全面提升，为建设社会主义文化强国打下基础。文化是本世纪最后一桶金子，应当，也必须成为国民经济发展的重要支撑、支柱产业。

四是对文化体制改革和推动社会主义文化大发展大繁荣进行了全面、具体的部署。具体工作在《中共中央关于深化文化体制改革，推动社会主义文化大发展大繁荣若干重大问题决定》中都作了精辟、全面、具体的说明。

五是把文化提高到全党工作的重要议程，反映党的文化自觉和文化自信。社会主义文化的发展必将出现一个全新的景象，取得丰硕的成果，必须推动中华民族的伟大复兴。

新时期、新形势下，要调整作协工作重点，不断改革作协的工作方法

作协是“作家之家”，是沟通作家与政府的桥梁和纽带。担负着组织作家进行精品创作，维护作家作品的权益的职责。在新形势下，作协工作范围、对象、内容、形式、方式方法、目标要求都发生了很大变化，如果止步不前、因循守旧、固步自封，就适应不了形势发展的需要和时代发展的步伐。

党的十七届六中全会的召开，必将带来文学艺术的大发展大繁荣，我们将迎来一个前所未有的文化发展的艳阳天。面临这样的好形势，我们如何乘势而上，推进工作，登上新台阶？在座都是广西文学界的骨干力量、精英分子，必须认真考虑这个问题，时不待我，机不可失啊！

一是努力在为大局服务方面有更大作为。六中全会对文化提出更新、更高、更迫切的要求，我们行动要快，从现在开始，按照六中全会的要求，规划整个作协的工作，形势所迫，在整个工作大局上有所考虑。

二是努力在满足人民群众精神文化需求上有更大成效。注重精品生产，在文学创作上有大进步，创作出人民群众需求的，令人民群众满意，在群众中有影响的作品。

三是努力在加强引导和服务艺术创作方面有更多成果，要为作家创作提供优良的服务、安静的环境，激发他们的创作热情，努力推出一批精品力作。到2016年，五年计划，重点攻关，广西能否提一个口号：取得茅盾文学奖。

四是努力在建立激活作家创作活力的机制上有新的突破。作协要研究新方法，现在单是签约已满足不了新的发展需要。在文学与影视方面，我们赞成文学作品与影视的联姻，作品要转换成产品。但如何联姻，作品如何转换成文化商品，作协要在这方面探索出一种新的办法和途径。

五是努力在加强自身建设，提高领导文艺水平上有更大的进步。作协的班子是主席团，主席团领导水平，驾驭全局能力面临新的、更高的要求，工作方式要突破四个转变：从见子打子的被动工作方式向有计划、有规划的工作方式转变；从粗放式工作方式向人性化工作方式转变。作协是做人的工作的,因此一定要有人性化的工作方式,要细腻、细心、细致。作家情商智商都很高,要用感情感化作家,以理服人,以情感人,以制度来激励人;从表面、表层工作方法向基层、深层工作方法转变。要按照中宣部的要求,走基层、转作风、改文风。工作重点下沉,为基层、底层的作家服务;从只重视服务于体制内作家转向服务于体制内外作家结合的工作方式转变。注意发展队伍,关心体制外的作家,使作协成为文学爱好者之家,负责组织全区文学创作。

作家要回应文艺时代的呼唤,认真履行人类工程师的神圣职责,为文艺大发展、大繁荣做出新的贡献

推动文艺的大发展、大繁荣,要求我们必须努力培养一批德艺双馨的作家、艺术家。要建设社会主义强国,人才队伍是关键。当今社会为我们作家施展才干提供了广阔的舞台,时代呼唤精神力作,传世之作,因此希望我们作家:

(一)牢固树立根和本的思想。人民是创作之根,生活是创作之本,文艺创作的源水来自人民的生活。作家如果忘本、离源是绝对写不出好作品的。一切好的作品都是现实生活的反映,折射文艺创作的源头活水来自现实生活本身,人民群众的社会实践和社会生活,是唯一和最直接的根本。作家还是要深入生活、深入实际,接受群众,重视群众的文化需求,把基层生活和群众当老师。作协要多组织作家多到基层感悟生活,而不是走马观花。

（二）牢记文学艺术创作的方向和作用，文艺创作必须全面贯彻为人民服务，为社会服务的方向。发挥文化引领风尚，教育人民，服务社会，推动发展的作用。特别是要做好网络文学、网络文化的引导和管理工作。通过正确的引导推动文化事业、文化产业发展，满足人民多样化精神文化的需求。

（三）牢固树立创新意识，敢为人先的精神。文学是引领风尚的领域，是最需要创新的。作家是预测家，思想、思维都比较前卫，有很强的创造精神。作家的水平不在于去临摹别人，而是在于谁也模仿不了他。创新需要底气、勇气和力气。作家要在创作形式、语言、文体、理念上创新，作协要在机制、体制上创新。现在社会上很多新词从日本传来，比如“给力”、“宅”、“萝莉”等都是日本的。对外国文化我们要在鉴别的前提下引进、运用。重要的是自己也要加强文化的创新。

（四）牢固树立团队意识。建设宏大的人才队伍，为文化大发展、大繁荣提供有力人才支撑。广西文学要发展，必须加快文学桂军队伍建设，而且是整体力量推进，不是一方面、一个人的突破，要形成作家合力。文学桂军已经在全国小有名气，这是我们的共同争取得来的荣誉。我们要珍惜、传承，文学桂军能否保持这种旺盛的活力，能否在“三剑客”、“四君子”之后出现一些著名的桂军代表人物，取决于：能否出一批在中国文坛有影响，不愧历史、时代和人民的精品力作；能否组成一个团结成一股力量的作家队伍，而不是散兵游勇，作协大门要向基层敞开；能否有一个能团结、服务、引领作家的作协班子；能否有一个能激活作家创作活力的环境，社会环境、舆论环境、工作和生活环境、人际环境等。

文化是金，永闪烁光芒；文学是路，越走越宽广；文艺创作是福，越写越舒畅；文友是缘，手牵手日久天长。党的十七届六中全的胜利召开必将为我国文化发展带来新气象，让我们在六中全会精神的鼓舞下，紧密团结在以胡锦涛为总书记的党中央周围，团结动员广西广大作家，坚持走中国特色社会主义文艺发展道路，为推动新时期文化大发展大繁荣，建设中国社会主义文化强国作出贡献！

《广西文学》我们的精神家园

——在纪念广西文学创刊 60 周年座谈会上的讲话

各位文友、笔友、朋友:

这些年来,《广西文学》举办了很多这样的活动,我已经记不清在这样的场合,向同样的对象,讲同样的话题有多少次了。但今天的讲话心情却不一样。因为我们是在热烈庆祝伟大的中国共产党成立 90 周年的大喜日子里,来纪念《广西文学》创刊 60 周年,畅谈在党的文艺路线方针政策指引下,《广西文学》发展的光辉历程,展望《广西文学》的美好前景,以此向党的 90 大寿献上一份厚礼,很有意义!

为纪念《广西文学》创刊 60 周年,我特意写了一篇文章《永远珍藏这份情感》,讲述了我和广西文学一段鲜为人知的情感关系,谈到了自己与《广西文学》从读者到作者,到管理者,到支持者的感想、感慨和感悟。我自认为对《广西文学》情有独钟,几十年来都在为她的健康成长、发展壮大尽心尽责地努力。许多情感我在文章中已有所表达，在这里就不再重复了。为纪念《广西文学》的60华诞，我想用几段文字来表达我此刻的心情。

——一个国家，一个民族的文学，只要是完整的，便可以表现这个国家、这个民族的思想和感情的历史。60年来，《广西文学》作为广西的一个纯文学期刊，为广西文学的完整做出了艰辛的、不懈的努力。她每前进一步，每项举措，每份成就，都表现着广西各族人民的思想与感情。《广西文学》是我们的精神家园，是文学桂军的红色根据地！

——文学浓缩了人生。《广西文学》经60年发展到今天，她浓缩了一代代《广西文学》人的人生，凝聚着一代代《广西文学》人的汗水和心血。他们之中，许多同志在《广西文学》最艰难的时候留下来，一干就是几十年，而在《广西文学》最好的时期退下来了。从风华正茂到双鬓已秋，几十年如一日默默地耕耘着一块纯文学的净土，难能可贵。他们是《广西文学》的功臣，是广西文学事业发展的功臣！历史忘不了他们，人民忘不了他们！

——作家不是一种职业，而是一种使命，一种天职。作家的伟大功绩在于他们为人们创造了完美的、阳光的、真实的形象。《广西文学》的功绩在于60年致力于把作家创造的这种形象完整地、积极地传播出去，使人们知道作品，也知道作家。他们成就了作家，也提高了自己，壮大了自己。他们为文学桂军的形成与发展壮大，立下了汗马功劳！

——我们对文学的爱好，是因为文学反映了深长持久的人性关系，一本好书直接产生于人生。在阅读时，我们就和人性发生了广泛而密切的新关系，从而获致其力量的最终解释。《广西文学》60年，为我们提供了许许多多了解人性关系的精品佳作，使人们从中获得了最终力量的解释。《广西文学》成为了一种导人向善的工具，艺术人生之旅的向导！

——文学艺术要努力去创造自己的风格，没有风格，就没有生命力，没有竞争力。风格就是品格，品格决定出路、活路、生路。所谓独特的作家，不是指他从不模仿，而是指谁也模仿不了他。《广西文学》60年都在努力打造自己的风格，也在为作家表现自己的风格提供园地。我真诚希望《广西文学》和作家们继续为创造自己的风格而奋斗。要以文品立业，人品立身，精品立名！

——鲁迅先生讲过，伟大的成绩和辛勤的劳动是成比例的，有一份劳动就有一份收获，日积月累，从少到多，奇迹就可以创造出来！《广西文学》60年发展的艰辛历程，印证了老先生这句话。但是成绩已经成为过去，面对着竞争激烈、变化多端、对手如林的文艺期刊发展形势，我们切不可陶醉于过去的成绩，要有危机感、使命感。我们要珍惜广西文化发展来之不易的、良好的氛围，珍惜文学桂军难得形成的战斗力、影响力和凝聚力，珍惜《广西文学》在艰难中求生存求发展的可贵经验，珍惜我们在艰苦奋斗中同舟共济建立起来的深情厚谊！在党的文艺路线、方针、政策指引下，继续开拓创新，奋力拼搏，为实现中华民族文化的大发展大繁荣做出新的更大贡献！

祝《广西文学》生日快乐，祝文友、笔友、朋友们身体健康，万事如意，事业有成！

光影闪烁，艺术之花用心血浇灌

——在广西摄影家协会成立45周年大会上的讲话

南国早春，阳光明媚，大地盎然。在这美好的日子里，我们在南宁市标志性建筑——雄伟的广西会展中心朱槿厅隆重集会，庆祝广西摄影家协会成立45周年，这是广西文艺界的大事、喜事、盛事。在这里，我代表自治区文联、广西桂学研究会，祝广西摄影家协会生日快乐！对远道而来的北京嘉宾表示诚挚感谢！祝大家心身安康！

广西摄影家协会走过了45个春夏秋冬。45年的风雨兼程，是艰苦奋斗的45年，是硕果累累的45年，也是摄影艺术界人才辈出的45年。特别是伴随着改革开放的历程，广西摄影家协会勇于创新，奋力开拓，艰苦创作，精品迭出，并开展了许多展览活动，在众多国内外摄影大赛中榜上有名，使全区的摄影艺术出现多彩纷呈、水平不断提高的生动局面。我们对广西摄影家协会取得的每一项大奖、每一份收获、每一次成功都感到由衷的高兴，无比的自豪，并表示真诚的祝贺！回顾45年的历程，广西摄影家协会的每一个进步、每一项成果、每一个贡献都凝聚着各级领导的亲切关怀，凝聚着历届摄协领导班子的心血，凝聚着广大摄影爱好者的努力奋斗的汗水。对摄影家来说，摄影事业是人生的常青树，是人生不朽的丰碑！

今年是中国共产党成立90周年、辛亥革命100周年，又是国家“十二五”规划的开局之年，党中央、国务院、自治区党委、自治区政府对文艺工作提出了很高、很具体的要求，寄予了殷切的希望。我们广大文艺工作者一定要不辱使命，不负重托，不甘落后，不做懦夫。志气的核心是自尊，自尊必须自信，自信必须自强，自强是攀登艺术高峰的云梯。争取经过我们的共同努力，实现自治区党委“富民强桂”的伟大目标，为中华民族的伟大复兴做出更大贡献！

摄影是一个记录美、张扬美、传播美、引导美的美丽事业。现在广西已经组织了一支老中青结合、专兼业互助、男女相互支持的摄影家队伍。这支队伍是一支事业心强、精明强干、摄艺精湛、很有艺术修养、很有战斗力的队伍。更加可喜的是，全区群众性的摄影活动蓬勃开展，很多行业都成立了摄影家协会，并积极开展了多种形式的活动，产生了很好的效果。希望广西的摄影家们要发挥成绩，再接再厉，拍出更多、更好、更精彩的作品，夺取更多大奖，以更丰硕的成果，向党的90华诞献礼！

最后，我想用最近专门为广西摄影家协会写的一首赞歌作为生日礼物送给你们，题目叫《美的使者》——

穿越历史的时空，
透视风云的变幻，
聚焦时代的伟绩，
记录征途的艰难。
山魂水魄，心灵震撼，
不懈追求，为生命精彩呐喊。

铭刻自然的变迁，
彰显人生的斑斓，
装载秀美的景色，
定格山河的壮观。
青山为伍，露宿风餐，
光影闪烁，艺术之花心血浇灌。

我们是美的使者，
用美丽的画卷描绘伟大祖国
光辉灿烂！

2011年3月19日

打造八桂书风品牌的新举措

——在广西书法家协会六届四次理事会暨广西“书法之乡”授牌仪式上的讲话

广西书协六届四次理事会在美丽的鹿寨县召开，得到了县四家班子的热情接待。省级协会在县城开会，县里众多领导出席的情况并不多见，说明鹿寨县的领导是有文化的领导，重视文化的领导，智慧的领导。这次会议的召开正值全国人大会和全国政协会召开“两会”期间，今年又是中国共产党90周年华诞，辛亥革命100年，亦是国家发展“十二五”规划开局之年，所以说，这次会议开得很适时，很及时，非常有必要，非常有意义。鹿寨县委刘芳书记刚才的讲话热情洋溢，全面介绍了鹿寨县的情况。袁子强书记全面介绍了鹿寨县这些年来开展书法艺术活动过程中的经验、体会以及取得的成果。我听了以后非常感动，很受教育。借此机会，我想就几个问题，谈谈自己的想法，供书协主席团和理事会参考。

第一，关于“书法之乡”命名的问题。广西开展命名“书法之乡”和“兰亭学校”称号，这是推进广西书法艺术事业发展的新举措，是在广大群众中普及书法艺术的重要途径，是广西书法艺术事业顺应时代发展的需要，是书法艺术发展的新产物，是书法艺术面向群众、走向社会的一个重要体现，标志着广西群众性书法艺术的发展进入到了一个新的阶段。开展这样的活动，将有利推动广西书法艺术事业的快速发展。这次给鹿寨县授予“书法之乡”称号，不是凭空命名，是有条件的，是按有关条件经反复考核，认真讨论批准的。大家知道，鹿寨县本身就有非常丰厚的文化底蕴，这里出过书法家、诗人、剧作家。一方水土养一方人，一方人造就一方文化。这就是人文地理的优势，这是鹿寨县评上“书法之乡”的先决条件和优势。

这次我们命名鹿寨“书法之乡”，坚持按“五个一”的条件进行评估审定批准。这“五个一”也就是我们以后评定其他“书法之乡”的条件。哪“五个一”呢？一是要有一支具备一定水平的书法家队伍。这是最基本的条件。没有书法家，何谈“书法之乡”？刚才袁子强书记介绍，鹿寨现已有中国书协、广西书协的会员，市、县一级的会员几十人，已经形成了一支书法家队伍，同时开展了经常性的活动。二是要有一个书法协会的组织班子。组织好一个班子，搞活一个企业，致富一大片。一个班子很重要，当年远怀同志在这里打下基础，子强同志与现在继任主席一并把它发扬光大。县里四家班子主要领导都是书法爱好者,现在正在坚持练习,势头很好。县委还把发展书法艺术事业列入全县“十二五”规划,这在全广西是不多见的。三是要有一个广泛的群众基础。我们看到,学校都从少儿开始打基础,而且书法的水平不低,说明在学校有广泛的群众基础。所谓“书法之乡”,“乡”就是在城乡有很广泛的书法群。鹿寨群众性的书法活动已经形成,效果很好。四是要有一定的资金保障。金钱不是万能的,但没有金钱是万万不能的。鹿寨县委、县政府非常重视书法事业发展,每年拨出专门经费支持。他们敢于在家门口承办全国、全区的书法展,吃住行都要不少的费用。五是要有好的展览场馆。这是必须具备的基本硬件。作为书法之乡,没有一个展馆说不过去。我们以后评定命名“书法之乡”,就按这五个条件来衡量,少一个都不行。鹿寨具备了“五个一”,但还是希望在这个基础上不断提高。现在正要申报“书法之乡”或“兰亭学校”的县(市、区),都要按照“五个一”条件完善,条件成熟了我们就去考核,然后命名。至于创建“书法之乡”,我最后强调三句话:坚持标准,严格条件;用心办好,名副其实;要出人才,要出精品。合格一个命名一个,太多了就没有意思了。在这里,我们祝贺鹿寨县获广西首个“书法之乡”称号!

第二,关于办好第十届“国展”(编者注:全国书法篆刻作品展)问题。通过两年的努力,我们这次到北京终于申报成功!这中间有一段“插曲”。原来是我们独家申报,报告早已送到中国书协，而且得到包括张海主席在内的中国书协领导的支持。后来半路杀出一个“程咬金”，上海也要申办。上海是一个有实力的直辖市。我们广西也有优势，特别是近年来的书法发展态势很好，有广泛的群众基础，区、市、县领导重视程度高，又是少数民族地区第一次申报。中国书协打算从第十届“国展”开始进行改革，分书体分区展览。我们接受中国书协的意见，经协商广西承办行书、篆书、篆刻等书体的展览。申办第十届“国展”难，办好第十届“国展”更难，办出成效，让广西获奖作品有突破更是难上加难。申报第十届“国展”的成功，标志着广西书法艺术进入了全国一流的行列，标志着广西书法艺术进入了蓬勃发展的新阶段。

申报成功后要做以下几个工作，可用“硬件”和“软件”来概括。“硬件”包括场馆和设备、作品的征集和评选以及资金筹措。这三大块是办好第十届“国展”的关键因素，缺一不可。书协主席团和理事会要认真坐下来研究，倒计时运行。“软件”就是会务、接待、安全工作，也是十届“国展”能不能办好的一个关键。接待包括食、住、行、玩，还要做好安全保卫，因为客人的级别不低。开展之前，广西要开新闻发布会，在广西日报等报纸、网站介绍“国展”的一些准备情况，还有征稿启事等等。

从广西自己来说，参展面要广，特别是签约的书法家，这是你们展示才华的机会。而且，我们是“主场”比赛，获奖的机会应比别人多一点，但主要看作品的质量。

我经常讲的四句话：就是“你要行”，“有人说你行”，“说你行的人要行”，“质量好才行”。我们要借举办第十届“国展”这个“东风”，推动我们书法艺术的跨越发展。书协理事们都要积极参与，从现在开始每人每月至少写两幅，练几个月。我提出这样口号和奋斗目标：“争金保银，突破名额。”意思就是第十届“国展”，我们争取一等奖，确保二等奖，获奖名额上要有一个突破。

第三，关于广西今后书法艺术发展的问题。书协作了规划，我觉得从发展来看，因为举办“国展”，原来的工作就不能一般化。希望书协理事会、主席团认认真真地抓出成效来，否则就成了“瞎子点灯，白点蜡”。我们承办十届“国展”，可以说广西书法艺术水平上了一个新台阶，挤身全国书法的先进行列，那下一步怎么抓？我建议以打造“八桂书风”品牌为立足点，以活跃广西群众性书法艺术创作活动为出发点，以“抓基础、抓普及、抓提高、抓人才、抓精品”为着力点，推动广西书法艺术登上新台阶，达到高水平！为实现“文化强桂”做出新贡献！

一是抓基础。抓好“三个基础”：打好群众性书法活动的基础；打好普及书法知识的基础；打好人才队伍的基础，这是我们书法发展的三大关键。二是抓普及。就是普及书法知识、普及书法审美水平。要继续发扬过去的传统，书法下基层、到社区、进学校。要经常举办各种参与面广、受众面宽的展示活动，希望我们各个市县也办一些短期的培训班，特别在“国展”之前广西要办班。三是抓提高。就是在现有的水平上有一个较大的提高,整体达到全国同时期的最高水平。“八桂书风”是我们广西的书法名片,书法符号,它必须有一个自己大概的水平,不是一般的。因此,我们的书法家要加强学习,广泛交流,不断提高,多出精品。特别是我们书协理事会和主席团要出些精品。“八桂书风”要走向全国,走向东南亚,广西的书法水平就要整体提高一个档次。四是抓人才。书协理事算是广西书法家的精英,但是我们要后继有人。书协要有计划的吸收会员,重点培养新的、高水平的“八桂书法家”。培养人才一定要克服“五大郎开店”,怕超过自己的心理。如果年轻一代的书法家超过我们,这是一件好事,善事,说明“八桂书风”薪火相传,后继有人了。最后是抓精品。就是“国展”参展的一定是自己最高水平的作品,拿得出手的精品,最后获奖的是精品。同时抓精品就是抓市场,抓市场就是抓效益。我相信只要大家共同努力,广西书法整体水平会上一个层次!

这次会议开得非常及时,鹿寨县的四家班子主要领导参加会议,为我们提供那么好的条件,非常感谢!祝鹿寨县社会经济文化事业如日中天,祝鹿寨县明天更加美好!

谢谢!

2011年3月12日

奋发有为，实现文艺大繁荣大发展

——在广西文联八届五次全委（扩大）会议上的讲话

各位委员，朋友们，同志们：

我们每年一次的文联全委扩大会议，在年前召开，其目的就是，总结回顾一年的工作，互相交流经验，部署明年文艺和文联的工作。还有一层意思是给大家拜个年，参加文艺界的元宵节晚会录像，展示各位的英姿风采，有利于振奋人心，搞好新一年的工作。上午的会议唐华同志代表自治区党委宣传部作了讲话，黄德昌同志对过去一年的工作进行了很好的总结并对新一年的工作做了部署，韦苏文同志传达了中国文联第八届全国委员会第七次会议精神。今天下午大家用一个半小时的时间进行讨论，对今后文联及文艺工作，提出很多好的建议和意见。由于时间关系，很多问题，还没有来得及细谈，有的意见还没来得细说。希望大家回去后继续探讨、思考，有什么意见和建议可用书面或电话提。我们将根据大家的意见不断加强和改进我们的工作。在会议结束前，我讲几点意见，供同志们参考：

一、认清形势，明确任务。

党的十七大报告定的推进社会主义文化大繁荣大发展的宏伟目标，对新时期发展文化和文化产业提出了具体要求，去年召开的十七届五中全会，在提出“十二五”规划时，又把文化事业发展提到了一个重要的战略位置，进行了全面的规划。在自治区党委九届十三次全会以及最近召开的自治区十一届人大三次会议和自治区政协十届三次会议中，自治区党委、政府对全区文化事业都作了全面的规划，提出了“文化强桂”，提高广西软实力的战略决策。当前，文化发展的形势很好，可以用这几句话来概括：“艺术百花争艳，文化气象万千，党委政府给力，喜迎文艺春天。”这是我们文艺文联工作面临千载难逢的好形势。面对这样好形势，我们既感到无比光荣、无比激动，又感到任务的艰巨，使命的伟大。

我们常说机遇与挑战同在，优势和困难共存。在大好的形势下，我们要看到有利的方面，树立必胜的自信心，同时也要看到我们思想上、工作上的薄弱环节。我觉得目前，我们的思想和理念有以下几个不适应发展的地方：

一是文化自觉不够。文化自觉就是对文化的“自知之明”。我们很多时候“自觉工作”是盲目的，对广西的文化知之不多，有的甚至不知。我们有的同志对广西文化缺乏研究，浅尝辄止，只是见子打子地搞一下，这样很难搞出名堂来的。

二是文化自信不足。自信心是事业成功的一半，文化自信是一个地方文化能否立得起来，打得出去的根本。有句古话叫作“行源于心，力源于志”。区党委提出“富民强桂”的战略决策，我认为“富民强桂”就是经济总量强大，综合实力强势，文化发展强盛，战略地位强化。文化要在“富民强桂”中找到自己的位置，发挥应有的作用，为实现这个目标做出更大贡献！

三是文化意识不够强。我们从事文化艺术工作要有一种文化的意识。什么是文化，文化就是人类在改造客观世界和主观世界的过程中形成的全部精神和全部物质财富的总和。现在有一种“泛文化现象”，就是什么都要挂上“文化”二字。把文化浅化、简化、俗化，我们从事文艺和文联工作的同志不能随这种大流，在文艺和文联工作中，要时刻提醒自己、克制自己。文化本身就意味着提炼，光有世俗生活取向，还不足以震撼人心，还要有反映世俗生活和揭示生活本质的勇气和能力。

二、认真学习，更新知识。

当前，文艺发展面临着较好的形势，但整个环境比过去复杂。新知识、新技术、新信息、新手段不断出现。全国有 5 亿网民，网络大众化、媒体化、虚拟化、社会化的现象迅速发展。各种信息如雷贯耳，各种新名词、新词汇迭出，我们稍不留神，就会落伍。很多美好的东西我们还来不及认识和体会，就已经消失了。网络也使我们失去了许多自然、亲切、健康、美好的生活情趣，如手写信件，串门拜访，两地相思等等。这是我们从事文艺工作最大的危机感。中央推出创建“学习型社会”其目的就是要我们加强对新事物、新知识、新信息的学习和掌握。

当前学习要学、思、行三者结合。学，就是要广泛学习，把握当前最先进的学说，最前沿的知识、最新的理念。学要自觉学、专心学、全面学。思，就是要善于思考，学以致用，指导我们工作，指导我们实践。行，就是要以德修炼，厚德载物，感化他人。要修炼品行：一练“正”字，正直、正派、公正。二练“度”字，适度、广度、风度。三练“慎”字，慎初、慎独、慎微。

三、努力工作，用心做事。

事业是全身心投入的职业，是人类自身生存，安排生活位置的需要。事业是一把进入成功宝座的钥匙。我们处在这样一个大好的年代，我们要爱惜、珍惜这么一段人生的经历，做好自己从事的事业，把心思用在事业上这叫事业心。

做事用心很重要。康熙治黄河时，用了一位治黄老臣，老臣说：“我已 70 岁了，心有余而力不足，还是请皇上另选他人吧！”康熙说：“我知道你老了，但我是用你的心，不是用你的力。”后来几年这位老臣用心去指挥治黄，黄河于是得治。这说明一个人对事业执着有兴趣，就会很用心。人对工作用心了，就可以变得勇敢无畏，一往无前地踏着困难走，迎着障碍行，创造出罕见的奇迹。

用心：就是用公心、诚心、忠心、善心、良心。有了这几个心,力不足也能以勤补拙,以诚撼天,做事业没有这些心,力有余,也做不成事,只能败事。

四、奋发有为,争创佳绩。

南宁是最适合人居的地方,文联是最适合人工作的地方。文联和文艺工作无硬任务,无硬指标,无巡视督察,无规定动作。但人是要有一种精神的,奋发有为的精神是人生奋斗过程中的无价之宝。我们从事文化艺术工作,如果没有一种昂扬的精神状态,得过且过、无所作为、胸无大志,“一杯浓茶一支烟,看看报纸聊聊天”。也可以过得去,但我们冷静想一想,这样的生活有什么意思,这样的人生有什么意义,又怎么对得起自己的职务,怎么对得起纳税人对我们的供养呢? 人吃饭是为了活着,但活着不仅仅为了吃饭。

我们要努力工作,保持昂扬的精神状态:一要增强进取的意识。提高干事创业的责任感和使命感。二要增强服务意识,坚持基层至上,群众第一原则。现在办节很多,但群众受惠的不多。因此要“还节于民,淡化官方,惠及民众,活跃基层。”文联及各个协会对上对下,对左对右,对内对外,都要搞好服务。自觉用群众是否满意、是否高兴、是否赞成来检验我们的工作。三要增强求真务实,勇创一流的意识。现在要做好的文化事业很多,要办的活动也很多,关键在于要坚持求真务实,积极主动地去做,脚踏实地去做。要敢于站排头、站正位、走前面、敢于争第一、勇于扛红旗。四要增强党性意识,加强道德修养。经常开展批评与自我批评，自我反省，自我教育，要言行一致，表里如一。“不做小人做君子”，不回避矛盾，不纠缠细枝末节，不搞无原则的纠纷，有什么问题摆到桌面上讲清就行了。大事讲原则，小事讲风格；水至清则无鱼，人至察则无友；一个人总是纠缠于一些鸡毛蒜皮的事，就会失掉朋友。各级文联和各个协会都要建成一个和谐的集体。

同志们，今年是我们伟大的中国共产党成立 90 周年，是“十二五”计划开局之年，也是我们文艺和文联工作大有作为的一年。我们要深入贯彻落实科学发展观，坚持解放思想，实事求是，与时俱进，继续发扬广西文艺界艰苦奋斗、扎实工作、真诚质朴，敢于创新的精神，创造出更多更好的文艺作品，向党的 90 诞辰献礼，为文艺的大繁荣、大发展和“十二五”计划开好局，为实现“富民强桂”奋斗目标做出新的更大成就！

新春佳节将临，在这里我真诚地祝福大家：家庭幸福，万事如意，安康快乐！

2011 年 1 月 24 日

发挥卫生系统优势　推进行业文化建设

——在卫生文联成立大会上的讲话

龙年即将来临，在喜迎新春佳节到来之际，广西文艺界传来喜讯，广西卫生文化艺术联合会成立了！这是一件好事，有意义的事。卫生文联的成立，标志着广西文艺界又增添了一支生力军。我代表自治区文联，对卫生文联的成立，表示最衷心的祝贺！

刚才李国坚厅长作了很好的讲话，新当选的卫生文联李永勤会长也就卫生文化发表了很好的意见。关于文化的概念，理论的定义是："文化是人类在改造客观世界和主观世界过程中，形成的物质财富和精神财富的总合。"我用通俗的意思表述，所谓文化，就是以"文"化人、化事、化物，就是以"文"感化人、美化事、进化物。

卫生严格地说，也属文化的范畴。卫生文化，在整个大文化中，占有相当的比重。卫生系统各种文艺人才众多，爱好文艺的干部职工不少，琴棋书画，音乐舞蹈，文学诗词，门类齐全。平时文化活动丰富多彩，厅领导班子成员多数是文艺爱好者。无论在多紧的时间内，卫生系统要组织一场演出活动，是不费多少力气的，而且女士要多漂亮有多漂亮，男士要多帅有多帅，比其他行业要精彩的多。在这种情况下成立文联，搭建平台，整合资源，打造精品，塑造行业文化，既有深厚的群众基础，又有丰厚的文化底蕴，既是卫生事业发展的要求，又是当前形势发展需要。

行业文化是本行业广大干部职工创造的良好的文化，是行业丢不掉、买不来、赶不走、忘不了的价值观念、从业理念和精神支柱。它不因领导的改变而改变，不因地点的变化而变化。在经济全球化，政治多级化，价值观多元化的影响下，各行各业都根据行业的特点，着力创造自己的行业文化，建设共有的精神家园！

人的生命是最可宝贵的。医护人员担负着保护百姓生命和身体健康的神圣使命。精以从业，仁以爱患，生命之托，重于泰山。我们要通过文联来整合资源，锻炼队伍，弘扬优秀传统文化，提炼具有时代特点的行业精神，形成新时期的从医理念，规范医风医德，打造行业品牌，提升审美品味，提高医务人员和干部职工的文化素养。这有助于促进卫生事业发展，意义深远而重大。所以说，成立卫生文联，是卫生厅党组的聪明之举，睿智之举，我要再次表示非常赞赏，非常支持！

当前全国各行各业在党的十七届六中全会精神鼓舞下，正在掀起新的文化建设高潮。回顾我们党90多年历史，可以作这样的概括：如果说第一个30年，主要是夺取政权，那么第二个30年，主要是巩固政权，第三个30年，是把国家搞富裕起来。三个30年都成功了，但是要实现中华民族的伟大振兴，只靠经济是不行的。我认为，我们党的第四个30年，要抓文化的大发展大繁荣，实现中华民族文化复兴，建立起社会主义文化强国，才能最终实现中华民族伟大复兴！

党中央根据国际和国内发展新的形势，站在中华民族全面复兴的战略高度，第一次提出了建设社会主义文化强国的号召。我们广西也要建设文化强区。卫生系统人才济济，有雄厚的群众基础，理应为建设文化强区做出更大贡献。搞好卫生文化建设，要思考卫生系统的文化资源和行业特点。因此，我建议，卫生文联成立之后，要抓好这么几件事：一是要结合了卫生系统的实际，搞出契合卫生系统特点、优势的文化发展规划，着力打造自己的行业文化；二是要认真提炼卫生系统的理念、精神，规范从医道德标准等等；三是要积极开展形式多样，丰富多彩的文化活动。文联是群众组织，要以文联，以情连，通过活动联。活动活动，活了要动，动了才活。位子位子，有为才有位，有位才能有作为。希望卫生文联在厅党组的领导下，努力开展多种活动；四是要培养人才，事在人为，业靠人兴，文化发展必须有一支人才队伍。要把广大干部职工医务人员调动起来，把卫生文化搞得有声有色，为建设文化强区贡献力量。

区文联跟卫生文联本是一家。有墙是一家，拆了墙更是一家。一家人不讲两家话，区文联一定尽力支持大家的工作，召之能来，来之能说，说之能干，干之求好！让我们在未来的交流、交往中，以下面这六句话共勉：

业绩在奋力拼搏中完成，

友谊在团结合作中加深，

情谊在时间交流中求真，

心意在常年传递中坦诚，

距离在相互问候中接近，

心愿在彼此祝福中验证！

希望同志们用心做事，努力工作，天天快乐，享受生活！

祝大家新年快乐，家庭幸福，心不想事也成！

2012 年 1 月 13 日

满怀深情走基层，让文艺惠及农村千家万户

——在广西文联八届六次全委（扩大）会议暨全区文艺“千村万户文艺惠民工程”（贺州）现场会上的讲话

同志们：

按照自治区文联每年的工作计划，年头开个扩大会，年中办个学习班，这几年我们都坚持这样做了。因为春节来得早，因此今年的全委扩大会提前开了。这次自治区文联全委扩大会和全区文艺“千村万户文艺惠民工程”在贺州召开，贺州市委，市政府非常重视，党政一把手亲自过问会议筹备工作。贺州市委宣传部、市文联做了大量具体的工作，创造和总结了很多好的经验，这些都为会议的顺利召开提供了有力的保障。会议时间虽然短，但主题非常鲜明，内容非常丰富。半天时间一口气安排了两个重要讲话，八个经验介绍，宣布了两个决定，非常紧凑，都按预定的计划完成了。这是一个高效、务实、有成效

的会议，开得很好。刚才守德书记已经把自治区文联去年的工作和今年工作做了总结和安排，讲得很好，我完全赞成！下面，我主要就今年实施开展的“千村万户文艺惠民工程”讲几点意见，供大家参考。

首先，我想讲讲关于“千村万户文艺惠民工程”。一是，所谓“千村万户文艺惠民工程”是一个品牌的概念，不是数字的概念。不是只给“千村”“万户”文艺惠民的泛数字的概念，而是一个文艺工程的符号，就像中宣部文艺评选“五个一工程”一样只是这项评选的代号，不局限于五个一。二是，文艺惠民是按照中宣部长刘云山同志关于文化惠民的指示提出来的。因为我们文联主要是搞文学艺术工作，根据我们的职责，把文化改为文艺，更贴近我们的工作实际。文化包括文艺，文艺属于大文化范畴。所以我们提出“文艺惠民工程”，这和中宣部所强调的文化惠民是一致的。三是，为什么叫“工程”？我们出于这样考虑，当今抓文化建设也要像抓经济建设一样，要抓一个个项目，要有重点工程。“千村万户文艺惠民工程”，文艺门类多，涉及面广，投入人力物力大，而且全过程包括规划、投入、组织、实施和检查等很严谨的规范，环环扣紧，是一个系统工程。所以把它称为工程，而不是一个活动，这样比较科学、贴切！其实这些年有的市、县已经做了这项工作，但只是零敲碎打，是散装的，没有把这件事当作一个工程抓，随意性、应急性比较多，影响力不大。今后我们上下同心协力坚持抓好这件事，不断总结经验、推广先进典型，经过若干年的共同努力，广大农村文艺发展将出现一个生动的局面，这将成为广西文联和文艺工作的品牌。

下面讲三个问题：

一、实施“千村万户文艺惠民工程”的重要意义。

“千村万户文艺惠民工程”可以说是在文化惠民思维观念和工作方法上的创新，其意义是很深远的：

1. 实施“千村万户文艺惠民工程”是贯彻党的十七届六中全会的重要举措。党的十七届六中全会吹响了社会主义文化大发展、大繁荣的动员号，党中央大政方针已经确定，文化发展的方向已经指明，现在关键的问题是如何把六中全会精神落实到实处。我曾经用过这样的比喻：现在文化发展的态势，就像一个飞机场上待飞的飞机，过去机场跑道没有加宽，飞机性能也不太好，油料也不足，机场条件也不太好，因此飞机起飞慢。现在飞机跑道加宽了，气候条件好了，油料充足了，飞机也维修好了。这就看哪架飞机抢占到跑道就能先起飞。因此全国各省、市、自治区，各文化单位团体都在抢时间，抢项目，抢资金，抢人才。形成了万机待飞的竞争态势。我们文联“千村万户文艺惠民工程”就是实实在在贯彻十七届六中全会精神的具体举措。我们根据文联的工作特点和优势，把工作重心下沉，把建设社会主义文化强国的战略措施落实到广大农村。这样看得见，摸得着，群众得实惠的事，有搞头。这是我们文联系统贯彻十七届六中全会的最好的载体和重要的抓手，要下决心，一抓到底，抓出成效来。

2.实施“千村万户文艺惠民工程”是贯彻落实毛泽东同志文艺思想的重要体现。七十年前毛主席在延安文艺座谈会上就提出了一个非常尖锐的问题，就是文艺为谁的问题。七十年的历程中，我们实践了毛泽东文艺思想，但有些时候贯彻不到底，甚至有时有偏差。今年是毛泽东同志在延安文艺座谈会上讲话发表七十周年，重新提起文艺为谁的问题，对此我有三点思考，首先，人民不仅是历史的创造者，也是文化的创造者，文艺是属于人民的，因此，文艺必须面向群众，面向基层，面向生活。最近中央强调文化要走基层，这是落实文艺为人民群众服务的具体措施。我们实施“千村万户文艺惠民工程”就是文艺走基层，文艺回归群众的实际行动，是实施毛泽东文艺思想的生动体现。其次，强调“文艺为人民”是要把人民满意作为最高标准，把服务人民作为基点和归属。现在一些文艺活动热衷于搞上层文艺、城市文艺、富豪文艺，办个节庆什么的，一个歌星的出场费就是30万，票价是1000多元，农民看得起吗？农民说，我们看不起啊，歌星一开口唱，我家一头猪不见了！他们怎么能享受到文艺的发展成果呢？我们的一些文艺活动的落脚点，是有偏差的。所以说“千村万户文艺惠民工程”就是把毛泽东文艺思想真正落实到实处，让广大群众享受到改革开放三十年文艺发展的成果。其三，人民是文艺创作永恒的根基，是血脉，是源泉，文艺工作者的艺术生命都源于同人民群众的血肉联系。只有把人民放在心中最高位置，永远同人民群众在一起，坚持以人民为中心的创作导向，才能写出好作品。文艺惠民给文艺家提供了接触群众的好机会和好平台，为他们提供了丰富的题材和创作灵感。

3. 实施“千村万户文艺惠民工程”，是构建和谐社会的重要因素。大家知道，中国人口中有80％是农村人口，要构建和谐社会，不能忽视农村的和谐。农村的和谐靠什么？靠强有力的思想政治工作，靠提高广大农村人口的文化道德素养。抓“千村万户文艺惠民工程”，是搞好农村思想工作的最好方法，寓教于乐，寓教于学。贺州搞了“文艺惠民”，群众就有了精神寄托了，赌博、偷盗、打架斗殴等现象少了。刚才富川县城北镇凤溪民间戏剧村的代表讲，现在他们那里树立了“三风”，即礼仪家风，文明村风，高尚民风，这是“文艺惠民”产生的效益。他们还有个说法很好，参与唱歌、唱戏的，搞书法、美术的人犯罪比较少，因为这些人有精神寄托和个人的修养嘛！广大群众通过参加文艺活动，愉悦身心陶冶情操，也形成了和谐的社会风气。所以我们强调把文艺做到农村去，培育农村的文明新风，使农民有精神寄托，社会治安就会好，这将为构建和谐社会打下良好的基础。

4. 实施“千村万户文艺惠民工程”是建设民族文化强区的重要环节。自治区党委提出要建设民族文化强区。这很符合广西文化的特点和各族群众的迫切要求。建设文化强区是全方位的,整体性的。不光是指城市,也不是仅靠文化单位、文艺组织和专业剧团,而是全区全民的整体推进。建设社会主义文化强国,文化强区,就是要使全民族的文化创造力持续迸发,社会文化生活更加丰富多彩。全民的思想道德素质和科学文化素质全面提高。现在农民生活好了,富裕了,对文化的需求也更加迫切。文艺需要不断更新,媒体和传播工具那么多,表现的形式那么多了,我们过去送文艺下乡只是临时措施。比如春节送个对联、几本书或送一台文艺节目,那是短时间内给群众以文艺的实惠,过后又没有了。临时性给农村文艺"输血",显然解决不了农村"文化贫血"的问题。我们实施"千村万户文艺惠民工程"则变过去的"输血"为"造血",培养"不走的文艺队",变"给我乐"为"我自乐",变"穷开心"为"富欢乐"。春节不是我们送对联给他们,而是他们可能送对联给我们。搞好了,农民可以送歌舞,送戏进城。这样的文艺惠民能树立群众的自信心,有成就感,他们求知、求技、求富的欲望就会更加强烈。这将有力地推进农村的精神文明和物质文明建设,实现建设文化强区的战略目标。

二、关于贺州市实施"千村万户文艺惠民工程"的基本经验。

贺州市实施"千村万户文艺惠民工程"经验。我看了材料,很好,又听了潘鸣部长在会上的汇报。他们经验很丰富,而且取得了很好的实效。我过去也到贺州的农村,这次去看情况大不一样了。文化氛围浓了，群众思想道德提高了，环境也干净漂亮多了，所到之处都充满着生机。刚才听完他们的经验介绍后，我认真思考了一下，他们的基本经验归纳起来可以用“一二三四五”这么几条来讲，即：牢记了一个宗旨，落实了二项措施，抓好了三个环节，重视了四支力量，加强了五个方面的引导。下面，我分别讲一讲，希望大家回去后好好思考和借鉴。

1. 牢记一个宗旨。贺州市在实施“千村万户文艺惠民工程”过程中，牢牢记住了“惠民”这样一个宗旨。所谓惠民，是给老百姓东西，而且是实惠不是空惠，使群众真正享受我们文化发展繁荣的成果；文以养身，文以养心，文以养神，文以养颜，使群众真正感受到文艺的作用和影响，体会到开展文艺的乐趣。这是他们坚持和牢记的宗旨，永不偏离。贺州市抓文艺惠民都是惠于老百姓的实实在在的东西，不讲空话，不许空愿，不搞形式主义，所以得民心，顺民心，温民心，受到广大群众的欢迎。

2. 落实两项措施。第一项措施是制定好规划，第二项是坚持标准。这两点很重要，首先制定规划，他们的工作不是“脚踏西瓜皮，溜到哪里算哪里”。也不是领导拍脑袋，拍胸口，盲目地做，而是根据调查研究的结果，抓住地域优势和各村各户的特点，抓住特色，确定重点，搞好规划逐步实施。坚持标准，就是坚持达到标准才能给文艺村命名挂牌。具体来说，文艺村要做到“五有”的标准，一是要有领头人和基本的队伍，一个光杆司令是不够的；二是得有一个场地，有了活动的地方，才能搞活动；三是要有制度，建立一个切实可行的制度，以保证活动正常开展。四是要有活动，不是挂了牌就死火了，而是保证有活动；五是要有一些活动经费，买必要的用具。每个文艺村都得按标准要求通过审查验收，以保证文艺村命名挂牌的质量、效果、社会效益和经济效益。贺州市这方面的经验非常重要。我们搞"千村万户文艺惠民工程"绝不能走过场，坚决杜绝形式主义。不是开个会，挂个牌，命名就完事！今后所有的文艺村命名，都由我们自治区文联去给你挂牌，你市里或县里的挂牌不算，你那是地方版不是省级版的。

3. 抓好三个环节。一是要抓好满足群众的需求这个环节，要明确是他要干，而不是我要他干，群众才有兴趣去做这个事，这样才能有效果。他们对哪村成熟一个艺术门类，就帮建立一个艺术门类，不能不切实际随便命名文艺村，不能凑数字搞形式主义的那一套，要实实在在的文艺惠民。比如某村需要同时建立一个彩调队和一个舞蹈队，根据他们的要求，可以去帮助辅导和提高，但命名挂牌就得看这个村的实际情况是否成熟了。如果不成熟，就不能轻易挂牌。名不副实，这两支文艺队就很容易散了。前段时间我到桂北的一个县去调研，有一个村就有五个文艺队，一把二胡一个锣鼓就一个队，这还没成熟，怎么能挂牌呢？积极性很好，但要帮助他们提高。二是要抓好遵循艺术规律这个环节，任何艺术发展都有一定的规律，不可违反它的规律。贺州建立文艺村，注意打基础，抓基本的东西。

他们一般是从小到大，从普及到提高。从基本的东西抓起，循序前进，不急于求成。小孩还不会走，就叫他跑，是不行的。三是要抓好基层文艺人才培养这个环节。俗话说得好，事在人为，业靠人心，钱靠人赚，文化靠人搞，文艺作品靠人创作。没有人才，文艺就很难撑起来。贺州一开始就着力培养农村文艺人才，组建“不走的文艺队”，还特别注意帮助农村培养复合性的文艺人才。唱戏唱歌，舞美音响什么都会，这些一技多能、一专多能的复合型人才是他们实施“千村万户文艺惠民工程”的基本依靠对象。

4.重视四支力量。贺州在实施文艺惠民工程时，特别重视四支力量。一是重视基层的乡土文化能人，他们都有一技之长，爱好文艺，在农村有威信，他们是文艺活动的带头人！二是重视民间文艺传承人，例如刚才发言的贺州绣娘，她就是民间文艺传承人，文艺惠民必须依靠他们的言传身教；三是要重视文艺新人和文艺活动积极分子，例如从外地打工回来的年轻人，接触了外界文化，应动员他们积极参加农村文化建设；四是重视学校的教师、学生和文艺志愿者，这支力量不能忽视。

5.领导着力抓好五个方面工作。贺州市委、市政府、宣传部、文联等部门非常重视这项工程，成立了专门的工作班子。在具体工作中着力抓好五方面：一是要抓好规划的指导，各市、县要做好具体定点村的落实和规划；二是抓好活动的引导，充分发挥文联的优势，帮他们策划好；三是抓好文艺的辅导，真正培育出农村“不走的文艺队”；四是抓好思想的教导，以高尚的情操培育农村的文明新风；五是抓好先进典型的倡导，扩大宣传推广，以点带面，形成红红火火“千村万户文艺惠民工程”的局面。

三、关于下一步实施“千村万户文艺惠民工程”的一些意见和建议。

今后几年内，我们文联系统都应花相当大的精力来抓这项工作，相信抓几年一定能抓出成效。贯彻好六中全会精神是文联和文艺工作新时期的一个重要任务，我们要有历史使命感和政治责任感，把整个农村的文艺搞活起来，助推民族文化强区的建设。下面讲几点建议，供大家参考。

一是希望各个市、县、乡回去以后很好地学习消化贺州市的经验。然后你们制定一个规划出来，规划要向宣传部和当地的主管领导汇报，取得领导的审批与支持。规划要在原来的基础上，重新整合、提升和包装。建议各个市县都应该抓自己的点，一定要抓好点，摸索经验，不要一窝蜂地搞，凑数字、搞“假、大、空”那一套，一定要结合各地的实际情况，分类指导。你们把工作做好，我们尽量争取财政拨一些经费，用到文艺村的试点上。我们相信把工作搞好了，领导会感动，财政会给点钱，前提是我们得先搞起来，然后才找财政要钱，有为才有位。

二是我们自治区文联的各个协会，都要建立自己的联系点。这些要作为我们各协会工作考核的一个标准。希望各个协会回去以后要在主席团上统一思想，然后根据自己业务的特点，选择好自己的点，文联会给予适当的支持。我们在适当的时候要分片举办各个文艺门类的农村文艺人才培训班，各文艺协会要发挥作用。

三是要不断总结经验，促进工作的开展。我们上下要沟通，横向要通气。自治区文联要办个简报，把各市县好的经验登简报。简报要不定期的出版，及时寄送到各市、县文联，通过这个扩大影响、提高水平，不断推动“千村万户文艺惠民工程”的健康开展。

四是建议各个市县都搞个规划，当作一个工程来抓，然后向上级申请经费，以得到当地党委政府在人力、财力、物力上的支持。“千村万户惠民工程”是非常具体、人民得利的事。我们把道理讲清楚，同时把工作做好，有效果，领导自然会感动。现在很多老板，他们有钱了，也希望做公益事业，我们要加强同他们的联系。也可以动员各地的画家、书法家，卖一幅字或画，支持一个团体或一个村！通过这样的财政支持、社会集资，把“千村万户文艺惠民工程”搞得更加扎实。

五是要加强宣传报道工作。这个工程我们既要扎扎实实地干，同时也要让社会各界知道做这事的好处和作用。不光我们讲，还要靠新闻媒体宣传，起码文联网站要搞个专栏。广西日报、广西电视台，广西新闻网，都要有宣传报道。这次会议新闻单位来的不少，我们要力争上人民日报、光明日报，能上中央电视台更好。广西日报要搞个大版，通过宣传舆论推出去，不然搞得再好，社会各界都不知道。宣传得靠媒体，所以这次我们把一些媒体请来了，希望大家给予支持。

通过几年努力，广西广大农村要形成这样一个文化现象：农村文艺活动蓬勃发展，村村寨寨都有文艺协会，音乐舞蹈、琴棋书画、文学诗词，群众每样都会，群众真正享受到文艺的实惠。

同志们，对事业的执着追求和高度的兴趣，可以使一个人勇敢无畏、一往无前，能够踏着困难走，迎着障碍行，可以创造出人间的奇迹。今天党的十七届六中全会已经为我们开辟了文艺发展的广阔天地，指明了前进的方向，创造了良好的条件，只要我们执着地追求，用心办事，努力工作，勇往直前，就一定能干出成绩，用我们丰硕的“农村文艺惠民工程”成果来迎接党的十八大的召开。新年到了，我用几句话来祝福大家：“政绩在奋力拼搏中完成，友谊在空间来往中加深，情谊在时间交流中求真，心意在常年的传递中坦诚，距离在互相问候中靠近，心愿在平时祝福中验证。让我们为伟大祖国祝福、为美丽的广西祝福，为‘千村万户文艺惠民工程’祝福，为大家的健康快乐幸福祝福！祝愿同志们在新的一年里取得更加丰硕的成果！”

2012年1月16日

广西文联主席潘琦谈“十届国展”

书法导报记者　黄俊俭

编者按:应广西书协主席韦克义之邀,书法导报副总编辑黄俊俭前往广西南宁采访“十届国展”(编者注:全国第十届书法篆刻作品展)广西展区的相关情况,并就读者关心的问题于2011年7月1日在广西文联的办公室专访了广西文联主席潘琦,采访时广西书协主席韦克义、广西跨世纪文化传播有限公司董事长黄冠杰在座。根据录音整理刊发,以飨读者。

黄俊俭:广西文联成为“十届国展”的主办单位之一,结束了广西历史上没有举办过“国展”的历史,实现了零的突破和历史的跨越,对此你有何感想?

潘琦:两年前,我们就开始了“十届国展”的申办工作。2009年,广西文联正式向赵长青书记提出申办请求,他表示可以考虑。后来,我们正式向中国书协递交了申请主办“十届国展”的报告。没想到中间又杀出个上海来,这样,广西文联和上海文联就成为“十届国展”的联合主办单位。

广西申办“十届国展”的成功，意义重大。

第一，是少数民族地区第一次举办“国展”，我作为少数民族的书法爱好者感到无比的光荣与自豪，十分感谢中国书协对民族地区的关照、关爱与关怀。这也说明我们少数民族地区对书法国粹的继承与发展。

第二，“十届国展”的举办，可以充分展示广西书法界的风采，更重要的是可以邀请到全国诸多的书法家来广西指导、交流。这是我们非常难得的学习机会，相信通过“国展”会有力地推进广西书法事业的发展。

第三，广西能够举办“十届国展”，说明广西有比较雄厚的经济实力作为保障。不是凭空就可以举办“国展”的，如果没有一定的经济实力，没有一定的整体书法水平，没有适当的场馆，没有雄厚的书法群众基础，我们没有底气申办“十届国展”。我们能够争取到和上海联合主办“十届国展”，说明了广西文化建设的发展和文化实力有很大提高。以前，人们都把广西看作蛮荒之地，经济落后、文化滞后，现在不同了，广西敢于申办“国展”，并能够申办成功，显示了广西经济文化的实力，树立了广西的新形象！

第四，广西区党委在制定国民经济“十二五”规划中，提出“文化强桂”的战略决策。广西举办“十届国展”，是广西文学艺术界，特别是书法界贯彻落实“文化强桂”战略的一个具体措施和实际行动。

黄俊俭:为办好“十届国展”,广西都做了哪些工作?

潘琦:为了办好“十届国展”,我们做了许多扎实细致的筹备工作:

首先,我们进行了全面的组织动员工作。号召广西书法界和文艺界都要为办好“十届国展”献计献策。

第二,为了扩大“十届国展”的参与面以及提高参展水平,我们举办了“十届国展”培训班,原来报名有100多人,后来增加到300多人。大家有信心在“十届国展”上获得好成绩。

第三,为了扩大“十届国展”的社会影响。我们充分利用各种媒体,包括《书法导报》等,进行广泛的宣传。作为承办单位的跨世纪公司的所有宣传品上,将会打上“十届国展”的字样,使“十届国展”家喻户晓,妇孺皆知。

第四,认真做好征稿、来稿、向作者反馈信息等工作。我们对于来稿采取首问负责制,假设工作人员A负责登记作品B,那么,工作人员A在“十届国展”的全程都要对作品B负责到底。所以,我们可以向全国的书法来稿者保证,你的来稿寄给我们可以绝对放心。为了做好“十届国展”的工作,我们对具体工作进行了细化,做到万无一失。力争应该征的稿件要征到,投稿面、投稿质量要超过上一届。

第五,广西书协要加强同中国书协的联系。重要的事要请示汇报,同时注意和上海展区沟通,交流情况,要在进度上、质量上、规模上、时间上有可靠的保证。

第六，为了加强对“十届国展”各项工作的领导，我们在组织委员会下成立了由广西文联副主席赵如锋、广西书协主席韦克义、跨世纪公司董事长黄冠杰组成的3人领导小组。这个3人小组全权负责“十届国展”广西展区的一切事务，不需要请示自治区，也不需要请示文联，也不需要请示宣传部，他们3个人就可做出决定。这样做，是为了提高办事效率。

“十届国展”广西展区的一个亮点，就是由广西跨世纪文化传播有限公司与广西书协共同承办，这是广西的企业首次参与承办书法文化展览，是文化与企业联姻的一个最好探索，是加快广西文化建设以及提高企业实力的一个途径。

黄俊俭：你觉得“十届国展”在广西举办对打造“八桂书风”有什么意义？

潘琦：第一，我们申报“十届国展”其中一个目的就是把“八桂书风”宣传出去。说句实话，广西书法过去相对于其他省区，是滞后一些的。近年来，经过我们的努力，书法水平在稳步上升，并提出打造“八桂书风”的口号，为全国书法界所关注。通过“十届国展”，把全国的书家请到广西来，听取他们对打造“八桂书风”的意见和建议，集思广益，对搞好我们下一步工作是非常有意义的。

第二，作为书法艺术来说，“十届国展”在广西举办，是宣传“八桂书风”的最好平台。广西书法界不能在邕江边上自我陶醉，自我欣赏，要走向全国去，向全国推介广西书家。广西书家要积极参加全国性书法大展，在大展中检验自己的水平，提高自己的水平，得到全国书法界的肯定。

第三，能增强我们打造“八桂书风”的自信心。一个人有自信心是成功的必要条件。通过“十届国展”，展示“八桂书风”的书法家整体形象和书法风采，鼓舞大家的士气，增强书家自信心，开创“八桂书风”的新局面。

打造“八桂书风”离不开媒体的支持。前年，我们在《书法导报》上曾连续刊登广西书法家的专题介绍，在北京也召开广西书法的学术研讨会，媒体朋友给予了大量宣传报道，收到了很好的社会效益。

黄俊俭：目前，“十届国展”正处在征稿期间，从现有的来稿情况看，你觉得有哪些值得注意的问题？

潘琦：从目前来稿的情况看，我觉得要注意以下几个问题：一是来稿的时间问题。目前，来稿较少，根据以往的经验，我估计临近截稿的时候，也就是在八月中上旬会达到高潮。其实，如果作者的作品准备好的话，尽量提前投稿，这样，我们处理来稿时也会比较从容，遇到问题也有时间去解决。

二是来稿尺寸一定要按照“十届国展”征稿启事的要求。超尺寸的作品一定要征得中国书协的同意，否则不予评审。

三是来稿的纸张问题。希望作者来稿时选用好一些的纸张，我们发现有的来稿作品的纸张太脆，有的来稿作品纸张太薄，这样作品容易破损，因为来稿需要登记、拍照、评审等好几个环节。

黄俊俭：为办好“十届国展”，广西投入多少人力呢？

潘琦：前期我们投入了50多人，最后可能要达到二三百人。目前，这50多人以广西文联、广西书协、跨世纪公司的人员为主，还准备招募一些志愿者从事后期的工作。我们这边有一个四星级的宾馆——跨世纪大酒店，专门为“十届国展”提供衣、食、住、行的保障，力求做到一流的服务。

黄俊俭：“十届国展”广西展区的作品在哪里展出？

潘琦：“十届国展”的优秀、入展、特邀作品将安排在南宁国际会展中心展出。南宁国际会展中心占地面积850亩，是中国—东盟博览会永久会址，由主建筑、会展广场、民歌广场、行政综合楼等组成，其中主建筑总建筑面积为15.21万平方米，共有15个不同规格的展厅（最大展厅8100平方米），展览面积达4.8万平方米，可容纳3360个国际标准展位和300多个非标准展位，完全可以满足“十届国展”的展出要求。

（本文发表于2011年7月13日《书法导报》第九版）

为八桂大地增色添彩

——访广西壮族自治区文联主席潘琦

记者　余义林

广西地处祖国南疆，多山多水，风景秀美。著名的桂林漓江、北海银滩都是享誉中外的旅游胜地。此外，广西又是少数民族聚居区，有壮、汉、瑶、苗、侗、仫佬、毛南、回、京、彝、水、仡佬等12个世居少数民族。这些少数民族在漫长的发展历程中，创造了别具特色的传统文化和丰富的艺术样式。比如民歌，就在广西少数民族艺术中占有相当突出的地位，广西也因此被誉为“歌海”。对于很多少数民族来说，艺术几乎就是他们的生活和生存样式。时至今日，艺术更是在广西的文化和经济建设中，绽放出了绚丽的光彩。最近，记者连线了广西壮族自治区文联主席潘琦，对他就广西少数民族艺术的发展和现状的话题进行了专访。

记者：“广西有个著名的‘南宁国际民歌艺术节’，这个活动挺有影响，让民歌在文化传承和城市建设中发挥了重要作用。据说文联也为此创作了不少优秀音乐，有的优秀歌曲在全国也产生了影响，能说说你们是怎么做的么？”

潘琦：“南宁国际民歌艺术节的举办，确实给了我们很大启示，就是可以通过音乐文化的特殊功能，来展示广西的美丽风貌、丰满形象及强大魅力。音乐是人生的艺术，也是山水与城市的艺术，每一个风景、每一个建筑都是一首歌，音乐展示了无法说出却又不能沉默的东西。尤其是音乐文化与城市的结合，正如形象情感与诗歌的结合一样，是一朵可以自然开放的鲜花。所以，我们在近年来的音乐创作上投入精力、人力，确实摸索了一些做法。

“第一是抓好城市音乐精品的创作。这些年，广西除了南宁有民歌节外，各个城市也有自己的艺术节。如柳州有奇石节，桂林有山水节，河池有铜鼓山歌艺术节，崇左有花山艺术节，钦州有荔枝节，北海有珍珠节等。根据各艺术节的主题，我们组织创作了相应的歌曲。每年创作两三首精品歌曲，然后开展歌咏比赛和传唱。比如桂林，区内外词曲作家共创作了12首歌曲。这些歌曲既赞美桂林的青山绿水，又歌颂城市建设和人们美好的心灵，使桂林形象更加丰满了。我们还经常组织歌曲创作评奖活动，比如开展了共产党员正气歌的创作、歌唱广西的歌曲创作、歌唱南宁绿城的歌曲创作、廉政歌曲的创作等，推出了一批好歌。据不完全统计，1995年以来广西创作的歌曲有1万多首,有些好歌在全国都有一定影响。

“第二是抓好本土音乐资源的开发利用。广西是歌海,有丰富的音乐资源,采之不尽,用之不竭。我们经常组织词曲作家深入到边远山区、民族地区采风,体验生活。每次下去他们都兴奋得流连忘返。这些年,我们先后对黑衣壮、‘呢的呀’、龙州天琴、马山的多声部音乐、侗族大歌等,进行了全面的挖掘、加工和提升,效果很好。比如黑衣壮上了南宁国际民歌节之后,国内外引起强烈的反响。

“三是抓好音乐文化与城市建设的结合点。过去,我们把音乐像块布一样贴在城市建设的衣服上,风一吹就掉了;现在,我们是把音乐当作丝线织进城市的衣服里,我们是用音乐来表现一个地方的精神风貌。最近,好多市县都要我给他们写首歌,他们尝到了音乐对打造城市品牌的甜头。实践证明,一首好歌可以唱红一个城市。通过音乐文化的包装和宣传,可以使城市树立非常丰满的形象。音乐有个极大的方便,什么也不用说,却能把什么都表达出来,传播面广、影响力大、效应时间长。一首好歌可以传唱几代人,一首好歌可以跨越地域、跨越民族、跨越国界。从某种意义上说,一个城市经济再发展,基础建设再好,道路再宽,如果没有音乐没有歌,那就没有灵魂。可见音乐文化对提升城市文化品位有着积极作用。而且,音乐是人类的共通的语言,如果没有音乐,生活就是一个错误。旋律有一种魔力,它会使人产生最崇高的情感。

“第四，我们注意抓好队伍建设，为音乐创作培养人才。这些年来，广西各市都投入大量资金选拔、培养音乐人才，提高音乐人才的素质。区党委宣传部每年都搞一次歌手选拔赛，选出一些好的歌手到北京、上海培训，南宁、柳州也采取同样的办法、措施培养年轻歌手，有的还挤进了中国歌坛，成为优秀歌手。广西没有专职词曲作家，一些业余的词曲作家工资很低，温饱问题还没解决，潜心创作很不容易。我们采取了签约、适当补助的办法，解决了词曲家的后顾之忧，让他们有精力去写东西。这些年词曲作家为各市写了许多脍炙人口的歌曲，产生了很好的社会效应。

“营造音乐文化发展的环境，为音乐文化推进城市建设、品牌建设提供社会保障。音乐文化的发展必须有一个良好的社会环境。这个环境包括社会环境、文化环境、人际环境、工作环境、生活环境等，特别要营造全体市民、全社会重视音乐、热爱音乐、参与音乐、关心音乐的氛围。在这样的环境里，音乐对城市品牌建设才能有用武之地。像南宁国际民歌节，最高票价一千多元，还有人去买，这是人们关心音乐，参与音乐，对音乐的追求。实践证明，离开了群众的支持、参与，音乐文化就显得苍白无力；有了音乐文化发展的良好环境，有了广泛的群众基础，音乐文化就有了广阔的市场，就会产生良好的经济和社会效益。

“总的来说，音乐创作活动的实践，使我们感到音乐文化具有别的行业和别的艺术门类不可替代的作用，对提高广西及其城市的知名度功不可没。”

记者：“从您刚才的谈话中，我注意到一个词‘呢的呀’，好像这是壮族黑衣壮的音乐，也是近年来比较引人关注的音乐样式之一。可否对‘呢的呀’具体介绍一下？”

潘琦：“‘呢的呀’可以说是壮族音乐的经典。‘呢的呀’，在那坡壮语中是‘好的呀’之意，这一民歌流传于那坡县城厢镇那桑一带，其曲调清新明丽，以‘呢的呀’起音，中间和结束部分都以‘呢的呀’作为语气助词加以穿插和结尾。‘呢的呀’音乐源远流长，具有独特的艺术魅力，给人一种‘山野来风’的强烈震撼，被誉为广西音乐的原始富矿。近期，广西作家、艺术家就如何发掘整理、包装宣传壮族‘呢的呀’音乐，如何打造壮族‘呢的呀’音乐品牌进行了较为全面、深入的研讨，这是很有意义的。

“这几年，我们一直在进行广西文化的研究，对广西桂北文化、红水河文化、北部湾文化等都进行梳理。通过区域文化研究，基本摸清了广西民族文化资源的家底，理清了广西文化发展的基本思路。在此基础上，我们陆续开展更深的文化专题研究，比如刘三姐文化的研究。壮族‘呢的呀’音乐专题研究也是其中一项。壮族是广西的主体民族，也是全国人数最多的少数民族之一。但壮族文化和音乐在全国没有取得相应的地位。有人说，壮族音乐没有特点。哪个民族音乐没有特点？只是我们不懂而已。不懂不等于没有特点。经过我们的不懈努力，现在终于看到了一点曙光。我们给广西作家、艺术家出了一个题目，即争取在21世纪的前10年，探索出壮族音乐的基本旋律，探索出壮族音乐的基本乐器，探索出壮族舞蹈的基本动作，概括地说就是'三个基本'。探讨'呢的呀'音乐，就是摸索壮族音乐的基本旋律。

"'呢的呀'有着鲜明的民族性，它发育于壮民族地区，流传于壮民族地区，运用了黑衣壮音乐基调，使用的是壮民族的语言，表现了他们的生活、习俗、思想、情感。黑衣壮生性浪漫，最擅长唱山歌，任何时候都力求生活丰富多彩。'呢的呀'音乐，看似形式简单，内容却很丰富，日常劳作、婚丧嫁娶、连情交友、祝寿贺岁等各种场面都有一套完整的歌词，所歌咏的也是壮族平平常常的生活。他们载歌载舞用的道具，都是家里的生活用具，簸箕是家里拿来的，绳子是牵牛那条。有的人刚从山里的泥巴路走来，鞋子上还沾着厚厚的泥土，衣服也是平常穿的那套，看起来却比舞台上还要美，这就是原汁原味的生活。他们既是演员又是观众，这个民族就是在歌声中生活，在生活中歌唱。

"从现有发掘的音乐资源看，'呢的呀'音乐种类比较丰富，有'过山腔'、'呢的呀'、'春牛调'、'虽敏'等，吟唱方式可以二对二、群对群，或是群体合唱，既有二声部，也有四声部等多声部。黑衣壮民歌调非常优美，既高亢又悠扬，既委婉又激越，既繁复又平实，抒情动听，乐感很强。民歌手声音很美，能表现出质朴清新、豪迈奔放、婉转含蓄等多样化的艺术特色。”

记者:“原先对壮族音乐仅有个笼统概念,听了您分析的‘呢的呀’音乐,才有了实实在在的感觉。那么对‘呢的呀’的继承、推广和发展,有具体考虑么?”

潘琦:“‘呢的呀’能不能继续打响,如何提高品位、档次和声誉,关键要一系列比较规范的运营和打造。现在百色地委、行署,那坡县委、政府很有远见,抓了黑衣壮的包装工作,这个思路是对的。首先要明确‘呢的呀’音乐的定位。现在一些人习惯称黑衣壮音乐,黑衣壮是壮族的一个支系,是一个独特的民族群体,不是音乐代号,‘呢的呀’才是音乐代号。平时我们说黑衣壮音乐,口头讲可以,但民族族称不能代替音乐名称。我们要抓住‘呢的呀’原始音乐的特点,通过进一步扩展、丰富,逐步形成壮族音乐的基本调式,通过唱响‘呢的呀’来宣传黑衣壮,使‘呢的呀’像维吾尔族的‘亚克西’、藏族的‘吧扎嘿’一样,成为壮族音乐的代称。让大家一听就知道这是壮族的,是广西的,我们的目的就是这个。

“其次,‘呢的呀’音乐应当在‘高、精、深、美、土’五个字上下工夫。高,就是要高起点和高质量,不要在低层次的简单重复,而是在原有基础上达到当代民族艺术的高水准、高品位。精,就是精心策划,精心组织,精确表现,打出精品,精品是文艺的生命。深,就是深入调查,深度挖掘,深度开发,深刻表现。除了黑衣壮的音乐元素外,其他民族还有没有能表现壮族音乐特点的曲调，这些问题要深入调查清楚。美，就是音乐要美，形象要美，服饰要美，形式要美，音乐会舞台要活跃，有对唱独唱合唱小组唱，表现形式要丰富多样。土，就是要保持原汁原味，保持原生态，保持它质朴清新的风格。

“对壮族‘呢的呀’推广，基本步骤可分为包装、宣传、推销三步。包装，就是搞好基本制作和基本队伍的培养；还要进行立体宣传，做到报纸有文、电台有声、电视有形、商店有碟。推销就是打出去，要有计划的外出演出。我相信，通过包装、宣传、推销，‘呢的呀’肯定会在国内外产生巨大反响。”

记者：“我知道，广西不仅音乐历史渊源深厚，戏剧事业在全国也有一定地位。抗日战争时期在桂林举办的西南剧展，无论是政治影响还是艺术成就或剧展规模，都对中国戏剧的发展产生过不可低估的影响。新中国成立后，广西创作的歌剧《刘三姐》更是一炮打响，声震全国。据说您几年前曾经提出了‘戏剧强省工程’，成果如何？”

潘琦：“广西现代戏剧确实有过辉煌的时期，但也经历了一个较长时间的低谷。由于经济发展和对文化的需求，我们的戏剧现在已经开始进入复苏时期。广西有别具风格的地域文化，它地处沿海、沿边，有山、有水、有风景，灿烂的民族文化为戏剧发展提供了丰富的营养，本土生长出来的艺术形式更是世界文化宝库的瑰宝。如从歌海诞生的《刘三姐》、瑶族文化中产生的《瑶妃传奇》、土俗调子喊出的《哪嗬咿嗬嗨》、以及反映壮族生存状态和风俗的《歌王与将军》，这些戏剧无一不是从地域文化的母体上孕育出来的。正是在这样的前提下，我们认为戏剧强省是可行的。原生态壮族歌剧《壮锦》的创作和演出，就是一个生动的案例。

“《壮锦》是一部比较完整反映壮族的音乐、舞蹈、风情及民间传说的舞台艺术作品，是由百色市投资搞的，是真正的‘广西制造’。广西作家、导演张仁胜任总导演，剧作家常剑钧、青年作家胡红一编剧，区文联党组书记、副主席、音协主席、作曲家傅磬担任作曲。主创人员先后多次深入百色体验生活，剧本创作九易其稿。市委书记刘正东曾多次参加剧本讨论，还带着四大班子的领导专程到南宁参加了《壮锦》的试唱会，对剧本和音乐创作提出了很好的建议，并要求百色方面做好人、财、物的保障工作。在排练中，所有演职人员发扬了红军不怕艰苦、奋力拼搏的精神，有的带病工作，有的牺牲新婚蜜月，有的放弃出国机会，让《壮锦》如期上演。首场演出效果轰动，当时中央电视台还作了报道。”

记者：“虽然没有看过，但我对这个戏有点印象，是个围绕‘壮锦’展开的故事。”

潘琦：“故事很动人，讲述的是一个母亲和三个儿子历尽千辛万苦和重重磨难，用爱情、智慧和生命寻找带有民族‘幸福密码’的美丽壮锦。关键是它包涵了壮族的经典文化元素，‘尼的呀’、‘嘹歌’、‘八音’、‘壮剧’等被编导借鉴运用进去了，还展示了绚丽多彩的服饰、舞蹈、民风习俗等民族风情，充分体现了世代壮族人民创造美好生活的强烈愿望和不懈努力，展现了壮族精神气质和壮族人的理想追求。全剧音乐把壮族原生态民歌调与歌剧的音乐曲调融为一起，发挥了土洋结合的‘杂交’优势，有的唱段可谓经典。《壮锦》是广西第一部壮族原创歌剧，首开用歌唱形式记述壮族文化史和心灵史的先河。厚重的本土主创，崭新的壮乡传说，昂扬的壮人理想，优美的原生态民歌，恢宏的舞美设计加上演员们的精彩表演，很好阐述了‘广西气派舞台艺术精品工程’的内涵，可以说是广西舞台艺术的一个壮举。”

记者：“当今艺术创作的重要特征之一，就是艺术作品数量多，对质量的要求也越来越高。多出作品、多出精品是时代的要求。广西在艺术创作特别是精品创作方面，有什么具体措施么？”

潘琦：“近年来，广西艺术创作主题鲜明，思想基调昂扬向上，像《大山小村官》、《太阳童谣》、《咕哩美》、《妈勒访天边》等，无论是现代题材，还是古代题材，都做到了‘以优秀的作品鼓舞人’。艺术创作中的题材更加广泛，体裁、形式也更加多样。比如在戏剧领域，除传统的桂剧、彩调、壮剧之外，还出现桂韵音乐剧、音乐话剧、方言话剧等。舞蹈也出现了舞蹈音诗、舞蹈散文等新的表现样式。大戏、小品都日益活跃。广西的艺术制作，无论舞美、灯光、道具、服装等，也都更加讲究，使群众喜闻乐见。我们的戏剧作品连续三届获中宣部'五个一工程'入选作品奖,连续四年获国家文化部文华奖,这是不容易的。重要的是,近几年来新人新作不断出现,队伍更加壮大了。但是,要创作更多的精品,我感觉还须解决几个问题。首先要提高创作人员的政治思想水平,这是出精品的前提。搞艺术创作,没有一定的马克思主义、毛泽东思想和邓小平理论的功底,就很难写出适应社会主义现代化建设需要、适应时代发展要求的作品。提高创编人员的综合素质,也是出精品关键。我们的精品还不算太多,为什么?关键之一就是我们的创编人员整体素质和综合素质还不够高。我们这支队伍不少是半路出家的,很多还是业余的,基本功练得不够扎实,所以后劲不足。我们已经通过各种方法,让大家缺什么补什么,提高艺术创编人员的综合素质。另外,坚持地方特色、民族特色和增强创新意识,对于创作精品是必要的前提。创新是民族进步的灵魂,也是提高艺术创作水平的动力,创作精品尤其需要牢固地树立创新意识。我们的大型舞蹈《围龙歌》、音乐剧《绿色渡船》、民族音乐剧《白莲》等,都在创新方面做出了有益的尝试。

"有专家预测,二十一世纪将是文化的世纪,是文化竞争的世纪。文化将在综合国力中发挥重要作用。作为文艺工作者,我们在对广西艺术创作做出比较全面规划的同时,将在贯彻科学发展观的实践中,坚定信心、自立自重、敢于突破、勇于创新,创作出更多更好的能夺大奖、走市场、传得下、唱得响的艺术精品，让更多美丽的壮锦装点神奇多彩的八桂大地，为中华民族先进文化的大发展大繁荣增色添彩！”